빨치산

한국풍류문화연구소 총서 ❷

빨치산

송수권 시집

매鷹는 하늘을 날아도 그 발톱은 땅에 찍힌다.

날아가는 새가 되지 않으려고
밤마다 가슴에 돌을 얹고 잠들었다

날아가는 새가 되지 않으려고 밤마다 가슴에 돌을 얹고 잠들었다
매鷹는 하늘을 날아도 그 발톱은 땅에 찍힌다.
날아가는 새가 되지 않으려고 밤마다 가슴에 돌을 얹고 잠들었다

날아가는 새가 되지 않으려고
밤마다 가슴에 돌을 얹고 잠들었다

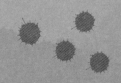

고요아침

「지리산 뻐꾹새」의 피울음을 역사적 현장과 부활 의지로 끌어내기 위하여 이 시대의 금기식으로 불온 문서가 된 '여순사건의 신빨치 역사'를 「달궁아리랑」서사시에 결부시켜, 그 밑그림이 되었던 단편적인 시들을 모아 「빨치산」이름으로 엮어낸다.

2012년은 지리산의 봄으로 지리산이 '유네스코 복합문화유산'으로 등재되면 본격적인 '여순사건'이 떠오를 것을 직감하며 지리산 달궁마을에도 언젠가는 '달궁아리랑 문학관'이 들어설 날이 멀지 않았음을 예감한다.

어초장漁樵莊에서 건너다보는 연연한 산봉우리들의 저 깊고 의연한 침묵은 결코 침묵이 아니라 지각변동을 일으키는 우레 소리보다 더 큰 울부짖음이었음을 실감한다. 현대사의 잔혹상을 지금 "지리산 뻐꾹새" 한 마리가 온몸을 던져 그것을 피울음으로 토하고 있다. 따라서 낱낱의 시편들은 그들의 원혼을 위로하는 위령제요 천도제인 셈이다

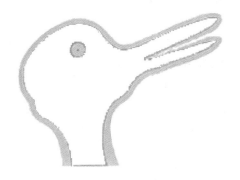

2012. 4
순천대 난봉 연구실에서

차례 _____

제3부 커피잔 속의 태풍

제4부 가야의 하늘

제5부 새로오는 아이들

제6부 화개품바
―노래는 세상에 거는 주문 呪文이다

제1부
지리산의 봄

빨치산

날아가는 새가 되지 않으려고
밤마다 가슴에 돌을 얹고 잠들었다.

매鷹

매鷹는 하늘을 날아도 그 발톱은 땅에 찍힌다.

지리산에 눈 내린다

내 시는 눈 내리는 지리산에 바쳐진다
아흔 아홉 골짜기 눈 내리는
해방특구 그 민주마을
통비마을
그 불타버린 마을들에
바쳐진다

네가 버리고 떠난 마을
그 산자락 따라 돌며
줄초상에 줄제사
한날한시에 통곡이 일어났던 밤
그 밤 열두 시에 바쳐진다

너의 창 끝에 너의 총구
혹은, 혹은,
불을 뿜던 빨치산의 마을들

그 외공리*를 지나 구례 산동모스크바 지나
너희들 그 흔적 없는 범죄 위에
내 시는 쓰여진다

일찍이 삼한 적 하늘 밑
울바자 튼 집자리
노고단 너머 첫동네
못다 핀 사랑이야기
그 달궁** 마을에 눈 내린다
빨랭이 빨치산 붉은 녹물이 들어서
눈 내린다

그 무쇠솥 뚜껑 위에

산마루 태성 성成돌을 베고 누운
잠든 얼굴 위에

지리산에 눈 내린다.

*외공리: 거창양민학살사건의 현장 마을
**달궁: 남원군 산내면 뱀사골에 있는 마을로 여순사건 주모자인 빨치산
14연대의 김지회, 홍순석, 김지회의 애인 조경순 등이 사살되거나 붙잡
혔던 마을, 삼한적 마을로 가장 오랜 전통을 지니고 있다.

16

호랑나비 떼 — 송가頌歌

붉은 바탕 양쪽 날개에 뜬
여덟 점 검은 점박무늬는
백무동에서 본 큰굿내림, 신딸의
옷자락 같다
오늘은 뱀노인과 함께 뱀망태를 짊어지고
이 현상의 산처山妻, 하순임이 마지막 걸었던
하산 길
불무장등 능선을 따라 내려오다가 구상나무 고
사목지대의
큰 나무 둥치며 잔가지들 끝에
주저리주저리 늘어붙은 나비떼들을 만났다
마가빛 강물을 이끌고 또 몇 천 km의 여행을 떠
나려는지
꿈꾸는 나라가 따로 있다는 듯이 깊은 잠 들었
다.
한때는 오대산, 태백산지구, 소백산, 지리산지구

빨치산 5만이 산봉우리를 타고 넘나들었다는데
그들의 죽은 넋이 되살아온 듯하다
이 나비들 잠깨어 나래치면
오색빛 현란한 무지개의 빛깔
베이징의 어두운 하늘에 눈이 내리고
켈리포니아의 바닷가에서 다시 태풍이
이러날 듯하다
아, 나비잠, 나비꿈, 나비물결, 나비들의 폭풍이
여

지리산의 봄

꿈속에서 만났던 그 사람 종적을 알 수 없더니

백무동 골짝 용유담 맑은 물속에 숨어 살고 있었
다

겨울 건기乾期를 지나 눈 녹고 봄비에 골짝물 불
어나

폭포가 물기둥을 세우면

박치기, 박치기로만 물기둥을 뛰어넘는 가사어
袈裟魚

봄에만 석 줄의 붉은 띠를 두르고 나온다는 가사
어

백무동에서 달궁을 넘고 피아골 청학동을 돌아

삼남의 지붕을 제 집 삼아 한 생애를 다한다 하
니

빨치산의 넋들림이라고도 하고 빨치산의 두목

이현상이 빗점골에서 사살된 후 새로 생긴

산천어라고도 한다

그도 어쩔 수 없이 전생에 죄를 얻어 나처럼
금란가사 한 벌 두르지 못하고
이 산천을 떠돌았던 몽구리 중놈이었던가 보다
근 현대사 이후.
이 산천에 웬 곡비哭婢들 이리 많은지
　햇뻐꾸기 벌써 나와 공글공글 반 되짜리 울음 울
고
　소쩍이는 밤새도록 소탕掃蕩, 소탕掃蕩
　한 되짜리 울음 운다.

화산火山

4백석 지주의 아들로 태어나
한 시대를 거침없이 살다 간
빨치산의 두목 이현상의 평전을 읽다가
몸서리 친다
그의 호가 화산火山이란 말에 미쳤고
내 친구의 아호인 산사山史를 떠올린다
山史란 미당 서정주가 지어준 호라서
아는 사람들은 그를 산도적이라고 부르기도 한
다
우연한 자리에서 火山에겐 山史란 호를 붙임이
더 어울릴 것 같다고 말하자
뱀 노인이 펄쩍 뛴다
火山은 아직도 살아있는 산이예요
지리산은 역사 속에 묻힌 산일지 몰라도
지리산 한 채를 통으로 구워먹고 간 火山은
아직도 우리들의 정신 속에 활활 타오르고 있는

산이예요
경성 트로이카 시절 6.10만세 사건을 주도한
그의 스승 평산이 지어준 호래요
지리산 속에서 죽을 것을 미리 예감이라도
했던 것일까
平山과 火山이라
평산이 화산되고 화산이 산사가 되는
다 같이 산도적패들의 이름이 아닌가 싶어
넉장구리로 넘어지는 지리산을 다시 쳐다본다.
싸늘하고 무서워져서 평전을 다 읽지 못하고
책장을 도로 덮는다
내 친구 산사도 함부로 부를 이름이 아니라는 것을
새로 알게 한다.

참새와 방앗간

한국에서도 가장 아름답다는 섬진강변
19번 국도를 달리다 보면
알탉처럼 숨어들어 알을 낳고 싶은
알자리 하나가 있다
평사리 앞들이다
황금 벼이삭이 출렁일 때마다
'토지'의 작가 박경리 선생이
왜 이 암탉골을 가상 공간으로 설정해서
대하 소설을 낳았는지 그 심중을 헤아리게 된다
참새가 방앗간을 보고 어찌 그냥 지나칠 수 있었
으랴!
섬진강을 건너 지리산으로 들어가는 14연대
신빨치산도 그랬을 것 같다

그들은 1951년 11월 29일 새벽에서
12월 1일까지 사흘간이나 이 방앗간에 머무르면서

벼를 찧어 산으로 날랐다고 한다
여자들은 머리에 쌀가마니와 김칫독을 이고
실한 장정들은 쇠죽을 쑤는 무쇠솥 가마를 수도
없이
세석평전 지하 무기 고트로 날랐다고 한다
이 악양전투가 참이라면
쇠꽃과 빨갱이 꽃이 핀 무쇠솥은 매장 문화재로
서
백 년 후엔 찬란한 문호유산으로 떠오르겠구나
싶다

하동으로 들어가는 섬진강 19번 국도변엔
'기록이 햇빛에 바래지면 역사가 되고, 달빛에 물
들면 신화가 된다'고
지리산의 작가 이병주를 기념하는 빗돌에는
그렇게 새겨져 있다.

빨치산의 길

빨치산이 가는 길은 소근개의 길
문경새재 넘어 함백산, 동막에서 몽당골로
거창 신원 감악산을 돌고 돌아
육십령은 어디라더냐 육십령은 예순아홉 고개
빨치산이 넘었던 길
지도에도 없는
차령산맥을 따라간다

금강 나루를 건너고 곰티재를 넘어 어느 국토의
한 끝
캄캄한 소백산 줄기를 더듬어 가다 으스러지게
타는 산 그림자
늙은 거미처럼 온몸을 태우고
너는 어느새 길을 잃는다

이 산천 흘린 발걸음 굽이굽이 한 산 굽어들면

마을 있고, 또 한 산 굽어들면 마을 있고
청솔 연기 멀리멀리 휘는 곳, 긴 강물 돌아 나가면
저녁밥내 퍼지르고, 육십령은 아조아조 잊어버
려
저 들머리 토종술이 아픈 창자를 끓는다

정읍 외산성外山城, 내산성內山成을 좌회전하다
황톳길에서 만난 배추흰나비
섬진강을 따라
그 배추흰나비 기억처럼
남해 뻘밭 가에서 너의 길은 고꾸라진다

아아 벌써 봄날 해도 저물고 뻘밭 위로 지는
저 장엄한 낙조 보아라
얼굴에 철가면 쓰고 울지 않는 너의 얼굴
나는 볼 수 있을까.

중음신中陰神의 길

경남 산청군 삼장면 내원리 800고지
그녀*를 찾아가는 이 산길은 너무나 숨가쁘다
한 시대를 깔고 간 적막이 이리도 깊다
밖내원골을 거쳐 안내원골**
토담집 몇 화전을 일구고 살았을
그 주춧돌들의 흔적위엔 개복숭아꽃만 흐드러졌
다
열일곱 새댁으로 세상 밖을 한번도 나가보지 못
하고
빨치산의 길이 무엇인지도 모른 채
한 생애를 다 소진하고 간 중음자中陰者의 길
1963년 11월 11일 새벽,
마지막 총성을 남기고 간 그녀의 뒷이야기는
등산객의 배낭 속에서 흘러나와
아이젠 끝에서도 피가 묻어난다
이 산길의 적요 눈부신 침묵에 대하여

저 산봉우리들은 고개 뻣뻣이 쳐들고 역사를 말
하지만

시인이여, 너는 이 산골짜기 삶 말없이 들여다보
라고

솔방울 하나가 젊은 어깨를 툭 치고 내린다.

*그녀 : 최후의 빨치산 여전사였던 정순덕
**안내원골 : 산청군 삼장면 내원리의 '지리산 최후 빨치산 여전사' 정순
덕의 고향

정순덕 열전

그의 수감생활 중 한 저명한 시인이
신 씨의 소개로 면회를 청했다
그는 시인이란 세상을 구하고 불쌍한
영혼을 위로하는 사람이란 설명을 듣고
그래, 좋다 어디 한 번 얼굴이나 보자 했다
'지리산 빨치산 여전사 열전'을 쓰겠다고
자청하자
정순덕은 혁명 시인 유진오愈鎭五의
시를 읽은 적이 있느냐고 물었다
없다고 대답하자 이현상의 '당홍동'
유고시를 읽었느냐고 물었다 고개를 젓자
데끼놈! 너도 이 땅의 시인이냐고,
뭐, 지리산 좋아하네, 섬진강이 네
오줌통인줄 알았더냐고 호통을 쳤다
칸막이 유리창을 주먹으로 쳐대며
하늘이 무섭지 않느냐고, 침을 뱉었다

지리산은 현실 한복판에 아직도 서 있고
섬진강은 대낮에도 시퍼렇게
천 년을 장대같이 살아 흐른다

그렇구나! 우리 서정시
너무 무책임하고 너무 가볍구나
빈대 씹만하고
벼룩이 간만하구나

아나, 섬진강 퍼 마셔라
아나, 지리산 침 뱉어라.

빨치산의 마을

두지 마을 지나다가 가야는 하나다伽倻一存라는
60만 가야 유민들의 피맺힌 함성을 들었다
그 마을은 댕댕이 넝쿨 속에 숨어 있었다
가야 백성이 어디 따로 있느냐?
무너진 돌담 위에서 한낮의 정적을 깨우는
수탉 울음소리도 새어 나왔다
국골 지나 빨치산들이 소금창고로 썼다는
얼음골을 올라서니
한여름 냉기 서린 바람이 짭쪼롬하다
백제 유민들이 전시 군량창고로 쓰면서부터
뒤주가 두지라는 원순모음으로 바뀌었을 거라는
안내인의 설명이 있었다
산길을 내려오다 혼자서 발음해 보니 옛마을인
뒤주에선 피바람이 불고
원순모음 두지는 립서비스 같은 참머루향이 스
며나온다

구빨치와 신빨치, 빨랭이와 빨갱이만큼의
간극이 있다는 것도 알았다.

패션

오대산 신상호 부대 여전사들은 체머리가 유행
이었고
지리산 이현상 부대 여전사들은 단발머리가 유
행이었다
산 밑에 있는 절의 고양간이나 여염집 안방을 파
고
들기 좋았기 때문이란다
그래서 '스님 국수' '승소僧笑' '무갈비'란 말이 유
행했다고 한다
특히 남부군 여전사들에겐 춘궁기가 돌아오면
효녀 심청이 휴가란 말도 있었다니
산살림도 들살림에 못잖은 살음살이는
매 마찬가지였던 모양이다
겨울 한철 백설이 펄펄 휘날리면
토끼몰이 빗질작전이 시작되는데
군토벌대는 산 위에서부터 쓸어내려 오고

경찰 토벌대는 산 밑에서부터 쓸고 올라오는 것
이
쫓고 쫓는 자들의 전술에도 패션이 있었고
남부군 사령관 이현상의 모자는 항상 구멍이 나
있었다
한 손에는 철모, 한 손에는 가래를 들고
하늘다람쥐처럼 여든 일곱 봉우리를 타고 다녔
다고 한다

1953년 늦가을
하동송림 모래밭 가에서 그가 불태워질 때
남기고 간 철모와 가래는
김인주 경관이 피묻은 손을 씻겠다며 스님이 되
어
'성불합시다'라고 마지막 유행어를 남기며
절로 가지고 갔다는데

아직도 그는 성불이 멀었는지 기척이 묘연하다
마담 뚜가 내지르는 이 시대의 유행어
'부자 되세요!'가 아니라
성불합시다, 라고 했던 유행어는
저 지리산 여든 일곱 봉우리가 몇 번이나
더 울어야 성불할지
까마득하기만 하다.

부활의 노래

나에게 어떤 피내림이 있다면
지리산 천왕봉 선도성모仙桃聖母* 품에 가리라
이 나라 제일 큰 무당 그녀 치마폭 뒤집어쓰고
피가름하는 것도 괜찮으리라.

이승휴李承休의 제왕운기에는
선도선녀仙桃仙女가 왕건의 어머니 위숙 황후로
여기 와서 백일 산신 기도로 왕건을 낳았다지만
그래서 천왕사를 짓고 그녀 사후에 성모석상石像
을 세웠다지만 가당찮은 소리,
또 오르내리는 잡승들 석가 생모인 마야부인이
라고들 하지만
어디 왕건 시대나 석가불 전래 시대에만
이 나라 선도선녀가 있었겠는가

선도선녀는 국조 단군 이전에

지리산 마고麻姑 할미의 큰딸인 것
그래서 오늘 누구나 이곳에 오르려면
저 아래 통천문通天門을 지나와야 하는 것-

이 나라 모든 살림살이가
그녀 쓰다 물려준 무구巫具이며 신바람인 것
풀 한 포기 나무 한 그루 저 제석봉 밑의 십만 평
고사목枯死木들의 숨소리와 내가 찾는 시 한 구
절까지도
그녀 입김인 것-

오늘 나 이곳에 와 그 옛날의 굿청 다시 차리고
선도선녀 다시 한번 빗장거리로
내 온전한 피내림, 그녀 큰딸쯤 되는 것 괜찮으
리라
그녀 큰딸쯤 되어 하산하는 날 피가름으로 쾌자

자락 날리며

이 세상 그녀 핏방울로 적시는 것 괜찮으리라.

* 선도성모: 혁거세의 어머니, (혁거세의 어머니를 모신 제단에 화랑들
이 고뢰소물을 바치고 제를 올렸음, 지리산은 신라 5악중 '남악'이라 불
렀고 지금도 화엄사 경내에 '남악사'에선 구례군민의 날 행사로 물제사
를 올리고 있다)

제2부

기상 나팔 소리

뱀노인 · 1

피아골에서 만난 땅꾼 뱀잡이 노인-
시인이 폐병쟁이로 떠돌던 한 세월
서 말 하고도 닷 되쯤 뱀을 고아 먹여
그 폐병을 다스려 주었던 지리산 뱀 노인

그는 여수 신월리 14연대 출신의 빨치산
온 가족이 몰살당하고 앵풀이로 입산한 단순가
담자-
한겨울에도 뱀 굴을 파고 사는 노인
철쭉꽃 피는 잔돌평細石平田에 올라
그만이 아는 빨치산의 아지트
돌문을 열고 들어가니 쇠꽃이 피어 부서진 철침
대
아직도 걸려 있는 무쇠솥 아궁지,
이맛돌을 감고 나간 뱀 허물-
'그 많은 뱀들은 다 어디로 갔지요?"

'그야, 뱀노인이 다 잡아 잡수셨지 않아요!'
뱀노인은 또 허허 웃는다

그렇군요! 실체가 없군요!
비 전향 장기수로 남아 북쪽으로 갈까
불퇴전의 자술서를 쓰고 남쪽으로 갈까

이쪽으로 갈까?
저쪽으로 갈까?

이리 갈까?
저리 갈까?

한참을 뒤시비*한 끝에
손바닥에다 침을 뱉고 치기방망이질을 했더니
그 침 한 방울이 남쪽으로 튀더라고요

거제도 포로수용소 같았으면 POW들처럼
제3지대 인도나 스위스를 선택했겠지요!

이쪽과 저쪽에서도 버림 받은 빨치산,
할수없이 배운 도둑질 따라 피아골로 왔지요
ㅋ, ㅋ, ㅋ, ㅋ,

*뒤시비 : 어떤 일이 끝난 뒤에 시시비비함(북한말)

뱀노인 · 2

당골네 핏줄을 걸고 나왔으면
감옥에 있지도 않았을라나
일찍이 백무白巫나 되어 떠돌았을라나
아니면 변가邊哥처럼 끼 많은 계집이나 꿰차고
응유담 골짜기에 와서 굿청이나 차리고 살았을
거나
뱀노인은 한 시대를 깔고 지리산에서 떠돌았지
만
사상도 이념도 확실하지 않은 저 삶이
왜 이토록 똑똑해 보일까
이따금 의문으로 남았지만 노인은 말없이
단 한마디, 이마에 먹물든 노비들처럼
빨간 글씨나 붙이고 범죄자밖에 더 되었겠느냐
고 묻는다

백사白蛇나 한 번 잡아보는 것이 소원이라지만

늘 꿈속에서만 보았을 뿐이란다
아니, 꼭 한 번 백사를 보긴 보았는데
풀 속으로 금방 꼬리를 감추더란다

백사가 나를 기망欺罔한 것인가
내가 백사를 기망한 것인가
그는 오히려 나에게 되묻는다
하기사, 북쪽으로 갔다고 해도 이 물음 하나는
오래도록 이땅에 남았을것만 같다.

파리지옥

그래요, 우리는 구렁이 뱀허물같이 본질이 없는
현실 속에서 살고 있어요
연좌제가 풀리고 저도 인도여행을 나간 적이 있
지요
뉴델리의 밤거리를 걷다가 북쪽 대사관 앞을 지
났어요

들어갈까? 말까?
말까? 들어갈까?

발을 뗄까?
말까?

그때 어중간한 새벽 다섯 시도 아닌데
그 인공기를 내리는 하강 나팔소리가
옥상에서 들리더라고요 허허, 한참을 서서 웃었

지요

　그때 마침 빨치산 잡는 귀신 고달복*이가 있었다
는데

　그 생각이 퍼뜩 들더라고요

　달복아, 빨랭이 여기도 있다!

　지옥의 귀신아, 파리지옥아, 끈끈이주걱아, 도꼬
마리 씨야

　아나,

　나-잡-아 -봐-라-

　그냥, 허허 웃었지요

　뱀노인도 따라 웃는다.

*고달복(가명) : 역 빨치산 토벌대장으로 공을 세워 후에 산청군 화계지
서장까지 지낸 인물

46

기상나팔 소리

어디선가 뻐꾹새가 울고 있었지
올해 처음 듣는 햇뻐꾸기 소리군요!
그 울음소리 아지트의 동굴 속까지 들려왔네
열 마리씩 스무 마리씩 떼를 지어 나와 울었네

이것 보세요! 누가 버리고 간 손목시계가 남았군
요
큰 바늘만 남아 5자를 가리키고 있었네
오후 5시? 새벽 5시? 참 어중간한 바늘이었네
이것 보세요! 여기에 나팔 한 개도 남아 있군요!
뱀노인은 녹슨 나팔 주둥이를 입에 대고 바람을
넣었다네
웬 나팔?
신월리 14연대 김은돌이라는 기상나팔수가 있었
지요
1950년 겨울 낙동강 인민해방전선이 밀리자

남부군 지리산유격대도 투입되었지요
대구 후방을 교란시키는 비슬산 전투에서
김은돌이 죽었거든요!
빨치산 중에 나팔을 가진 친구는 그 밖에 없었어
요

저녁거리 김밥을 콩심심두*처럼 나누어 먹고
무기고트를 빠져 나오는데 잔돌평**엔

저녁 햇살이 비끼고 있었네

무쇠솥 열 한 개도 들통 나기 전에 고물상에 팔
아 넘겨야겠어요
전사박물관에 실어가면
빨랭들의 쇠꽃냄새밖에 더 나겠어요!

잔돌평 너덜경을 타고 중산재를 내려오는데
검은돌의 나팔소리-14연대 봉기군을 깨우는
그 기상 나팔소리가 따라와
오래도록 귀 먹먹했네

*콩심심두 : 빨치산들이 먹었던 주먹밥(콩밥)
**잔돌평 : 세석평전細石平田을 우리말로 부르는 전통적인 지명, 지금도
철쭉제가 열리는 곳

오리와 토끼

앞서 걷지도 말고
뒤서 가지도 말고
오른쪽, 한눈팔지도 말고
왼쪽, 더욱 위험하구나
같이 걷지도 말고
뛰어가지도 말고
서 있지도 말고
두리번거리지도 말고

앞에 가면 선동
뒤에 가면 배후조종
왼쪽으로 가면 진보
오른쪽으로 가면 보수
눈 감으면 불고지죄 친고지죄

왼쪽으로 보면 토끼
오른쪽으로 보면 오리
깡충깡충 되똥뒤똥

그것이 '달궁아리랑'이 아니라
실체가 없는
맹부자 마을이군요!
촛불을 들면 사탄의 무리
횃불을 들면 14연대 봉기군

요놈, 조동아리 좀 보아라 노랑부리 황금 쇠주걱
요놈, 쫑긋 두 귀 좀 보아라
흰 눈밭白野의 쥐잡이 작전**
영낙없는
쥐박이

누군가 또 등 뒤에서
칼을 저민다.

---

*'오리와 토끼' 그림은 비트겐슈타인 ― 곰브리치의 '애매도형'중 하나임
**흰 눈밭의 쥐잡이 작전 : 백야 전투 사령간 백야장군(백선엽)이 벌였던
빗질작전

장엄의 길

흐르는 물에는 이끼가 끼지 않는다는데
속내를 드러내지 않은 산은
오를수록 가파르고 갈탕져서
한 골짜기 또 한 세월, 돌아오는 물굽이마다
퍼런 이끼가 슬었다
시느미* 쉬어가는 고갯길
소금 친 주먹밥을 풀기에는
아직도 치밭길 산장까지는 더 가야 한다

대원사 아랫길로 접어들었다 십 리 유평길
유평리에서 다시 이십 리 치밭골**산장
참취향 나물밭에 코를 박고 주먹밥 쌈 싸고
다시 삼십 리 싸리봉 중봉 천왕봉까지
지리산 동쪽 능선 등뼈 같은 안개 낀 산들이
바다에 잠길 때 있다
산봉우리마다 그 바다에 떠서 체머리 흔들며

섬으로 흐를 때 있다

저것 봐라
자욱한 안개가 물러가면
만상이 잠드는 황혼의 고요 속에
수천수만의 고래 떼 울음, 고래 떼의 항진,
저희들끼리 물창을 튀기며 난바다 어디로 가는지
그 울음소리 창해에 끓어 넘친다

팔만장경이 어찌 손바닥 발바닥에 쓴
마음 심 자字 하나에만 걸리겠느냐
통천문을 벗어나면 성모단이 하늘로 솟는
장엄의 바닷길이다

*시느미: 천천히, (급히 먹는 밥이 체한다. 시느미 먹어라.)
**치밭골 : 참취밭 골짜기

53

솟아오르는 산

어리석은 사람이 머물면
지혜로운 사람으로 달라지는 산
오르다 오르다가 발이 부르트면 주저앉아
곰취싹 한줌 뜯어 곰취죽을 끓이면
힘이 불끈 솟는 산
금방 곰 발바닥이 되어 생살이 차오르는 산
반합 뚜껑을 두드리며 두드리며
장터목 세석평전쯤 오르면
온몸 온통 철쭉꽃 핏물이 들어
함경도와 제주도 '김지회와 조경순*' 애인이
그 꽃덤불 속 아지트에 숨어 불렀다는
'연분홍 치마가 봄바람에 휘날리더라……'
그 빨치산들의 일 번지 봄노래, 따라가다 보면
나도 모르게 빨치산이 되어버리는 산
목울대를 치며
울컥울컥 생피를 토하는 산

아아, 지리산

솟아오르는 산.

*김지회와 조경순: 김지회 중위는 여순반란 사건의 주모자고, 조경순은
그의 애인으로 빨치산여전사가 되었음1949년 4월18일. 달궁 계곡 반선
리 주막거리 전투에서 김지회는 죽고 조경순은 붙잡혔음.

싸리골에서

싸리골을 넘다 보니
올해도 싸리꽃 지천으로 피었다
하늘에서 밤낮으로 돌고래 같은 무스탕이 떠서
항공촬영을 해대니
아지트에 숨어서 밥을 지을 수도 없었다는
빨치산 여전사의 수기를 읽은 적이 있었다
삼장 마을 비탈진 언덕길 위아랫마을
연기가 휘둘러 실타래처럼 꼬여나가는데
삼거리 돼지 국밥집이 시장기에 젖는데
비 오는 날 아지트에 숨은 빨치산들은
싸릿대마저 꺾을 수 없었다고 한다
비에 젖은 싸리는 불땀을 놓으면 연기가
푸석거리기 때문이라는데
그런 날 밤은 생쌀을 씹었다는 빨치산 이야기
싸리골을 내려오다 보니
그 싸리꽃에서 푸시시 불 꺼지는 소리가 들렸다
홍싸리꽃 눈물방울처럼 오지랖에 번져서
컵라면에 뜨신 물 붓다 자꾸만 목이 울컥했다.

해맞이

아이젠, 스패츠, 털모자, 장갑, 헤드랜턴, 마스크
까지
완전 무장하고 세석을 떠난다
새벽 3시 30분
뜰을 내려서니 눈사람 두 명이 환한 미소를 띠며
부자 되세요, 새해 아침 첫 인사를 던진다
부자 되세요, 란 말을 복 많이 받으세요,로
고쳐 읽는다
대피소로 내려오니 산중 미물도 첫인사를 왔는
지
한 가득 쌓인 눈밭에
고라니 꽃발자국이 어지럽게 찍혔다
간밤에 솥뚜껑 여는 소리가 들리더니
한 소쿠리 고구마를 다 먹고 올라간 모양입니다
산살림이 늘 이런 거지요
촛대봉 쪽으로 올라가는 눈길을 쓸다가 허리를

펴고 선
　박영감이 또 첫인사를 던진다
　구렛나루 턱수염에 하얀 고드름이 끼었다

　새해 아침 첫 눈길을 지리산 주능선에서 맞는다
　촛대봉에 서서 사방을 관측해 본다
　방금 지나온 세석 대피소는 백색 불빛처럼 윤슬
로 빛난다
　멀리 전라도 광양 땅은 네온사인 큰 마을을 이루
고
　그 뒤로 남해바다, 고개를 왼쪽으로 돌리니
　함양 산청 땅이 사람 사는 훈기로 따뜻하다
　뱀노인의 늙은 어깨를 끌어안고 얼싸 안는다
　큰집살이 하느라 이런 아침을 30년이나 놓친 게
억울합니다
　그의 눈에서도 금새 하얀 김이 오른다

1950년 겨울, 빨치산 제2병단은 후평까지 퇴각했다가
조선인민유격대 총사령관 이승엽을 만나
우리가 평양까지 입성한다고 고집을 부렸지만
이승엽은 빨치산은 빨치산의 길이 있다며
이현상 동지를 설득했습니다
다시 퇴각하면서 소백산맥의 함백산 마루에서
장엄한 아침 해를 보고 통곡했지요

〉〉   〈〈

두 번째 떠오르는 아침 해를 맞으며
뱀노인은 여수 신월리 바다쪽을 향해 큰 절을 올렸다
수산학교 재학 시절엔 향일암에 올라
해맞이를 하곤 했는데 허허…… 허허……

하얗게 흔들리는 턱수염이 붉은 산호처럼 젖어
서
　아침 햇빛에 물들고 있었다
　하산길, 힐끗 쳐다보니 촛대봉 절벽이
　산호 기둥처럼 불타고 있었다

제3부
커피잔 속의 태풍

커피 잔 속의 태풍

'

통로 밖에서 빗소리들이 걸어다니는지
뇌성 벽력이 동굴을 때린다
놀란 박쥐 떼들이 푸들거린다
산짐승들이 침입했는지 인골人骨에서 시퍼런
인광이 쏟아진다
물밥도 못 얻어먹은 귀신들아: 이 떠돌이들아
이 아귀들의 울음들을 누가 잠재울까,
미군 무스탕이 네이팜탄에서 쏟아낸 돌림병
재귀열에 40도의 열을 앓다가 죽었을 거란다
비트 속엔 지금도 이런 유골들이 많다고 한다

뱀노인은 뱀 망태 속에 인골들을 쓸어 담고
비밀 통로를 제치고 굴 밖으로 나갔다
뇌성 벽력의 불꽃이 스치더니 산울림이 일어난다
온몸에 떨이가 몰려든다
버너에 불을 붙이고 커피물을 끓이는데

야전삽을 들고 뱀노인이 들어선다
온몸이 후줄구레 젖었다
어디에다 묻었어요?
요, 위 언덕 산장쪽으로 올라가는 표지판이 서
있는
푯말 밑에 돌무지를 쌓아놓았어요.
그가 이렇게 쌓아온 돌탑만도 수백 개라는 것을
나는 알고 있다

이 산중 위령탑이 서는 날 한 곳에 모아
봉분을 올릴 거란다
그날이 올까요, 내가 묻자 그는 싱거운 웃음을
던진다
커피물이 끓어 넘치고 우지끈 벽력이 또 한 차례
커피잔 속 태풍을 일으킨다.
오래 잠들고 축축한 동굴이었다.

불타래

새벽 3시 30분
세석을 출발했을 때 흰눈 평원은
연하봉 미치지 못한 전망대와 작은 평원의
흰 눈이 무릎을 덮는다
드디어 뱀노인과 함께 새해맞이 연하봉에 도착
한다
놀라운 정경이다
장터목에서도 하봉, 중봉 능선에도
구물거리며 뒤따라 오는 렌턴의 불빛들
불타래가 꼬리를 물며 상산의 뱀 같다
이 모습 지켜보고 선 뱀노인은 저런 불타래를
두 번째 본다고 한다

50년 전, 여순반란 10일 천하가 끝나고 구례 백
운산
토벌이 끝나고,

해방구 민주, 통비마을이 불탔을 때
집 잃는 사람들 섬진강을 건너 어둠을 타고
문수리골로 피아골로 불타래가 꼬리를 물고 구
물거렸단다
그 횃불들 속에는 무지렁이들의 슬픈 역사가 있고
한숨이 숨어 있노라고 나도 맞장을 떴다
무슨 원, 무슨 바람으로 일출을 보려고 꾸물거리며
저 횃불은 어둠의 골짜기를 기어오르는 것일까

7시 35분 천왕 일출봉에 섰다 쇳물이 끓는 바다
위로
얼굴을 내민 해를 본다
모두들 어깨를 껴안고 탄성을 지른다
가족들의 이름을 부르고 애인의 이름을 부르는
사람들도 있다
울먹이면서 통곡하는 사람도 있다

뱀노인은 뱀 망태 속에서 기상나팔을 꺼내분다

비슬산 전투에서 14연대 김은돌이 남긴 유품이다
누군가 그 트럼벳 소리에 맞추어 오 솔레미오를
맞춰부른다
그깨까지 나같은 중음자가 살아있을지 모르겠군
요……,
트럼벳 소리가 뚝 그친다

지리산에 빨치산 유물전시관이 들어서면
이 트럼벳도 잔돌펑 무기 고트에 숨긴 무쇠솥도
넣어 놓고 가야 할 터인데.……
트럼벳 소리 다시 이어져…… 우리의 소원은 통
일……
아침 해를 중천으로 밀어 울린다

하동 바위 · 1

발이 허공에 뜰 때 있다
물구나무 선 가랑이 사이로
하늘이 보일 때가 있다
구름이 지날 때 잠시 어두운 그늘이 내리고
이상한 새들의 발자국이
깊이 패인다
한 삶과 죽음이 자작일촌임을 알고
새들은 이곳을 몇 번이나
스쳐 날았을까

호주머니 속 줄 없는 시계
나침반과 같은 바위
정신만이 위대하고 행동만이
길이었을음을 가르친 바위
상처 자국들로만 봉합縫合하고 말하지 않는 바
위

죽은 새의 심장을 꺼내들고 눈물 대신 미소를 머
금은
　지금 한 사내가 오르고 있다
　이 바위에 서면 자석의 바늘에 끌리는
　교조적인 삶이
　얼마나 우습고 가벼운가

　양피 가죽 성경과 같이 오래된 책 바위

　발이 허공에 뜰 때 있다
　물구나무 선 하늘이
　거꾸로 비쳐 들 때 있다.

하동바위 · 2

한 시인은 다시 용소를 내려 오며
등구 마천, 칠선계곡을 휘둘러
좃심, 다리심으로 버팅긴 하동바위에 올라
남로당 백구두 목 터지도록 불렀다

우로 가면 우익
좌로 가면 좌익
뒤로 가면 반동
앞으로 가면 선동

연좌제가 풀리고
광주민주화보상 통지서가 날아 왔을 때
만년 대공수과장, 시인의 보증인이 된
외삼촌은
심사과정에서 불거질지도 모르는 적색 시비에
휘말릴지도 모르니 포기하라고 귀띔을 놓았다

그리고 일본 조총련계 간부로부터 입수했다는
사진 두 장
거기에 남로당 백구두는 김일성 혁명 뺏지를 달
고
눈을 새파랗게 뜨고 살아 있었다
시인은 그 날로 제를 올리고 지방을 찢어 발겼고
신발짝을 묻었던 묏등을 파헤치고 욕설을 퍼부
었다

사람들은 '항일빨치산유격대'가 숨어든
그 하동바위를 언제부턴가
자살바위라고 불러오고 있었다
시인은 그 사진 한 장 하동바위에 서서
산바람에 찢어 날렸다

좌회전은 언제나 서툴고

위험지대였으므로,
시인은 언제나 우회전에 익숙한
안전지대만 택하였으므로
등구마천의 변강쇠처럼
다릿심, 좆심이 아직도 팽팽하였으므로,
그 사진 찢어 날렸다

연좌제가 풀리고
또 한 장 가족사진은
두만강 가에서 강바람에 찢어 날렸다
선구자가 말을 달리던 용정벌, 해란강을 지나
아직도 짐을 실어 나르는 달구지가 있고
추수가 끝나가는 벌판에는
옥수숫대 서걱이는 소리,
그날처럼 말을 달리는 듯했다

남도 백구두, 도인민위원장
　　미 군정치하에선 건국준비위원회 소속
　　남북협상파로 3·8선을 넘어갔다 온 김구가 동
교장 저택에서 쓰러지고,
　　여운형, 송진우가 쓰러지고
　　남한만의 단독정부 수립
　　세상이 찬탁으로 돌아섰을 때
　　등사기며 골필, 한 정부를 궤짝 속에서
　　풀어 내놓고
　　남로당 반민주주의 지하 노선으로 기울면서,
　　남도 백구두!
　　그도 이 강가에 나와 원고지 찢어 발기며
　　울었던 것일까.....,
　　이것 보아라, 이것이 두만강 돌이다
　　이것 보아라, 이것이 두만강 흙이다
　　돌멩이 하나 흙 한 줌 싸들고

시인은 지금 어두운 베이징 하늘 밑을 돌아왔다

백두산엔 그새 눈이 세 번째 내렸더라
북간도 용정벌엔 추수도 끝나고
옥수숫대 서걱이는 소리,
장주 편자황도 동인당 우황청심환도
그 소리에 잊고 왔다
팔당영 여우 목도리도 단계석 벼루도
두만강 물소리에 잊고 왔다
시인의 초라한 여행용 백을 열어보아라

이것이 두만강 돌이다
이것이 그 돌이 바스라져 쌓인
우리 그리운 흙 한줌이다
오늘 밤 꿈속에선 이 돌멩이 하나
네 뜨거운 핏줄의 피를 먹고 자라

하얀 물새로 깃을 치며
곧장 북녘하늘 훨훨 날아가리라

선도성모의 치맛자락에 매달려
빨갱이로 전락하며 남부군 밀대가 된
남도 백구두 이야기
반역의 피는 여기서부터 끓는다
걸핏하면 용공, 친북, 반국가 내란음모죄
5·18민중항쟁에 이르기까지 오갈병들어
남산 큰집에 끌려가 무릎 까진 시인
붉은 고깔을 쓴 한 시인의 이야기는 이 바위에서
부터 시작된다.

어떤 장례식

1953년 9월 18일

빗점골에서 일어난 몇 발의 총성

지리산에 무슨 일 있었나

하동 송림 모래밭가에서

M1총대에 모자를 씌워놓고

자신의 권총을 뽑아 세 발의 조포를 울리며

동지* 잘 가시오, 절을 올렸던 사람**

강물에 재를 뿌리며 통곡했던 사람

항일독립투사를 쏘아 죽인 죄 크다고

참회했던 사람

화엄사 각황전 문짝만*** 불태우고 만 사람-

아아 지리산에 무슨 일이 있었나

  한 죽음을 놓고 여든 일곱 봉우리가 말없이 들여
다 보고 있다.

  '지리산에 풍운 일어 당홍동에 전운 감돌고
  남쪽으로 천리 길, 검을 품고 달려왔네
  오직 한 뜻, 한시도 조국을 잊은 적 없고
  가슴에는 철의 각오, 마음속엔 끓는 피 있네.

*동지: 나무부군 지리산 유격대 총사령관 이현상을 말함. 빗점골에서 그를 유격한 사람은 차일혁 총경, 둘 다 항일유격대 독립군 출신이었음. 이현상이 죽음으로써 빨치산 유격대는 사실상 막을 내린다. 그 이후 산재한 빨치산을 '망실유격대'라 부른다(1963년 내원골에서 이홍이는 사살되고 정순덕이 잡힘으로써 망실유격 빨치산도 막을 내린다. 정순덕은 23년 복역 후 석방, 2004년도에 죽는다)

**사람: 차일혁 총경, 중국 중앙군관학교 황포분교 정치과 졸업. 1933년부터 1943년까지 좌익계열인 조선의용대에 들어가 항일유격활동을 펼쳤다. 보천교 차경석의 아들. 또 차일혁의 아들인 차길진 씨는 히어로즈 야구단 구단주대행, 한국불교신문사 사장을 역임하기도 하였다.

***화엄사 각황전 문짝: 미8군의 작전명령에 따라 지리산의 3백개 사찰을 불태우라고하자 차일력 총경은 각황전 문짝만을 불태운 죄로 감봉처분을 받았음, 지리산의 사찰들은 이때 대부분 불탔다(백운산의 상백운암, 하백운암, 칠불암, 법계사, 연곡사 등) 이에 대한 구체적인 자료는 장편서사시「달궁아리랑」참조바람

쥐잡이 작전

그해 여름은 행복했다
여름은 빨치산에게도 행복한 계절
아, 지리산에 백운산에 남덕유 북덕유
소백산을 건너뛰어 태백산
백설이 펄펄 휘날리는 죽음의 계절!
백야전투*白野戰鬪, F-51 무스탕과 함께
흰 벌판을 쓸고 올라가는 사냥개들, 그 빗질작
전**
겨울은 죽음이지만
그해 여름은 행복했다
해방특구 민주마을마다
붉은 깃발이 하늘 높이휘날렸다!
여름은 Hit And Run***
치고 빠지는 계절
그해 여름은 행복했다

*백야전투白野戰鬪: 지리산에 눈이 쌓이면 백야白野전투사령부와 수도
사단 등이 벌였던작전. 빨치산에게 가장 많은 타격을 주었다. 이로 인해
빨치산 2만명이 소멸했다.
** 빗질작전: 제주 4·3항쟁시 한라산을 빗질하듯 쓸어내린 작전
***Hit And Run: 치고 빠지는 빨치산의 전술, 중국 공산당 마오쩌둥이 구
사했던 전술중의 하나

안개능선

지리산 최대의 바위지대 지리산의 공룡능선
연하봉을 지척에 두고
아기자기 이어지는 바위동물원
노루, 사슴, 코뿔소, 멧돼지, 강아지, 너구리, 토끼
아기 업은 부처님 형상까지
만물상을 이룬 너덜겅 터널은 잔돌평 아지트와
함께
지리산 2대 요충지, 지하땅굴이었다고 한다

백야白野전투의 빗질작전이 네 차례 있었는데
이 너덜겅 바위 및 지하굴 속에 파고 든 빨치산은
단 한 명도 죽지 않았다고 말한다
선녀의 치마속 같은 연하선경-
토벌대도 접근을 못하고 그냥 비껴갔다는 것이다
야전병원으로 사용했던 벽송사가 8사단에 접수
되고

환자트 본대를 이곳에 옮겨온 이유는 그 때문이
란다
안개능선, 그 캄캄한 지하동굴의 입구가 어딘지
는
뱀노인도 잘 몰랐다

주능선의 아지트와 환자트 그리고 트는 이 능선
을 따라
몇 백 개 아니 몇 천 개나 되었는지 빨치산 루트
도
아직 알려진 바 없다
그때 신무기 부비랩이나 다발성 수류탄만 공급
되었어도
이 능선은 난공불락難攻不落 신화속의 동굴이 되
었을거 라고,
북한의 전술전략이 처음부터 호치민이나 이현상
의 결정론과는 달랐다 한다.
안개 능선을 더듬어 오면서 뱀노인은 또 말한다
지금도 안개가 흐리고 안개 능선을 넘을 때는
산울림 같은 동굴들이 자울림으로 울 때가 있다
고 한다.

지하족에서 나온 편지

순임이*, 당신이 하산한 지도 벌써 한달째 되어
가는군요! 당신이 떠나기 전날 밤, 아직 겨울이 오
지 않았는데도 피가 얼어 고름이 흐르는 동상에 걸
린 당신의 발가락을 빨며 이것이 마지막 이별이구
나 싶어 짐승처럼 한없이 울었던 것을 기억하고 있
겠지요! 저는 당신의 피고름을 뱉지 못하고 울면서
왈칵, 왈칵 들어마셨지요. 당신은 아서! 아서하고
내 등에 얼굴을 묻고 통곡을 했지요!

'여보, 울지 말아요! 제가 하산을 하면 뱃속의 아
이 하나는 잘 키워 북으로 보낼께요' 하던 당신의
약속을 듣고서야 저는 새로운 힘을 얻었습니다. 두
달 후, 아들을 낳으면 이극李克이 모스크바에서 돌
아와 김일성대학 교수로 취임한다니 이승李勝이
라고 부르시오. 그리고 딸을 낳으면 막내딸 이상
진의 돌림자로 이강진이라고 지으시오. 무사 하다
면 언젠가는 평양에서 만나겠지요. 그리고 그날 화

개장터에서 진주행 버스는 무사히 타고 갔는지 모르겠군요. 도당 김삼홍 선생이 지하 당조직을 위해 곧 하산한다 하니 그쪽에 몸을 의탁하기 바라오.

간호사 시절 앳되고 고왔던 당신 모습만을 기억하고 있소! 당신이 하산하기 전에 돗바늘로 기워낸 누비솜바지와 저고리를 입고 있으니 겨울이 와도 두렵지 않소!

— 순임에게(1953년 초가울, 로상명**)

*순임: 가명(이현사의 산처(山妻), 임신중 하산하다가 화개장터에서 붙잡혔다
**로상명: 남부군 사령관이었던 이현상의 별칭
***이 편지글은 서사시집 「달궁아리랑 · 25」에 출처함

길 위에서 만난 엽기적 사랑

빨치산이 가야할 길은 자석침에 끌린
나침반 같은 운명의 길이었다
그 길 위에서 떠도는
치기방망이질 한 방으로
얻어 맞은 사랑도 있었다
로 선생*과 하순임의 마지막 사랑도 그랬다

1950년 8월 25일
팔공산 전투에서 독 안에 든 쥐가 된 채
미군이 포위망을 좁혀오자
강 사령***은 손바닥에 침을 뱉어 치기방망이질
로
빠져 나갈 구멍을 찾고 있었다
그런데 묘하게도 침은 산 속이 아닌
평야지대로 떨어졌다
'강 사령 가는 데로 나도 따라가지요!'

이현상이 의외란 듯 너털웃음을 지었다

피난민들이 창녕 부근의 넓은 들을
가득 메우고 있었다
바글대는 피난행렬 가운데서 의사 한 사람이
사과 상자 두 개를 받쳐 놓고 진료를 했다
간호사는 가냘픈 몸매에 오뚝한 콧날을 세운 채
난민들을 돌보고 있었다
'간호사 동무, 치료 솜씨가 보통이 아니예요
우리는 인민해방을 위한 지리산 유격대요!'
강 사령은 팔공산 외곽지대 비슬산 전투에서
총상을 입은 어깨를 들이밀고 엄살을 떨었다

185cm의 훤칠한 강 사령의 너스레에
하순임은 일본 간호학교 시절
경성 트로이카 3인방****과 함께 종로 2가 밀림에

서 로상명과 탭댄스까지 춘 적이 있다고
　고백해 왔다

　치기방망이질 한 방으로 침이 튄 사랑—
　그때부터 이현상도 뱀노인도 하순임도
　지리산에 돌아와 독 안에 든 쥐가 되었을 때
　치기방망이는 흰 눈밭의 요술방망이로 변해 있
었다
　백설공주같이 얼굴이 흰 하순임!
　그녀는 실로 운명의 자석침에 걸려든 여자였다

　임신을 해서 만삭이 되어 하산하다가
　화개 장터에서 붙잡혔다
　의무요원으로 총 한 방 쏜 적이 없다고 잡아떼어
　안동교도소에 수감, 2년 만에 풀려났다
　아들 하나를 돌보며 중음신中陰神의 길을 걸었

다

　　진주 어디에선가 숨어 소근개처럼***** 산다는데

　　뱀노인은 살아 생전 그녀를 한번만 만나보는 것
이

　　소원이라고 했다.

*로 선생 : 발치산들이 산 속에서 불렀던 이현상의 별칭
**하순임 : 이현상의 산처山妻(가명)
***강사령 : 구례 유격대 출신으로 지리산 호랑이로 통했던 박종하의 별
칭
****경성 트로이카 3인방 : 1933년 1월 감옥에서 나온 이현상, 김삼룡, 이
재유가 조직한 사회주의 운동단체, 트로이카는 3두마차란 뜻, 후에 160
여 명으로 조직원이 확대 되었다. 1940년대 박헌영을 영입, 경성콤 그룹
으로 발전.
*****소근개 : 백정의 어린 자식, 원뜻은 개새끼란 뜻이며 어른 백정은 '마
당개'라고 불렀다

달뜨기능선

4월의 봄 태양절*
보급투쟁을 끝마치고 돌아온 날 밤
달뜨기능선의 달을 바라보며 취기에 젖은 대원들은
제 멋대로 춤을 추었다
이현상도 그의 산처山妻인 하순임과 얽혀서
탭댄스를 추었고
정순덕 등 여전사들은 아리랑춤을 추었다
정순덕이 갑자기 고함을 지르며

'달복아! 여기 빨갱이 있다, 나 잡아봐라!'

능선을 내려다보며 외장을 놓았다
고달복은 빨치산 잡는 역빨치산 부대를 이끌고
있는
지금은 화계지서 주임으로 있는 자였다

'사령관 동지!

그 탭댄스 어디서 제대로 배운 춤이군요'

하순임의 허리를 감아돌고 있는 이현상에게
누군가 한마디했다

'하준수, 그 동무가 그립구만! 거기에선 사교댄스로
춤을 가르쳤거든요, 수상관저를 나올 때 대동강부벽루
에 올라가 하룻밤내 우리는 춤을 추었지!

그 친구 지금쯤 제1병단 태백산 지구에 들어가 있을
텐데……'

무학 소주 한 상자쯤 동이 나고서야
이현상이 작식대作食隊 지대장 뱀노인을 불렀다

'동무, 내일 아침 해장국은 있겠지?'

'국물이군만요! 내일은 잔돌평 아지트가 후끈 닳아오
르겠네요'

뱀노인 설창수는 난데없이 고삐를 쥐고 있는 황
소의
옆구리를 발로 질렀다.

황소가 비명을 지르며 풀쩍 뛰었다
　그 비명 소리가 달빛 아래 워낭소리처럼 퍼져 나
갔다
　달은 어느새 '달뜨기능선'을 비켜 먼 산봉우리로
기울고 있었다.

　지리산에 지리산에
　달 떠온다 달 떠온다
　달아 달아 밝은 달아
　달뜨기능선의 밝은 달아……

　'그도 어쩔 수 없는 인간이었던가 봐요'

　뱀노인은 슬픈 표정으로 말꼬리를 이어갔다

*태양절: 4.15일 김일성의 생일 잔칫날(북한군 창설인 1948.9.9.일의 구
구절보다 더 큰 잔칫날)

영원령을 넘어

빨치산도 이 산봉우리 넘으며
영원이란 시간을 믿었을까 의심해본다
지리산 서북능선을 타고 내리는 길
늦은 봄 때 늦은 철쭉꽃이 피어 물든 바래봉이
빨치산들이 지니고 다녔던 바리때 엎어 놓은 것
같다

아니다, 꽃잔치 물잔치 늦은 봄 풍경이
마치 꽃상여 민둥산 한 채가 하늘 어디로
둥둥 떠가는 듯하다
봄구름이 거드모리로 차일을 내리고 순간을 넘
어
영원으로 둥둥 떠가는 듯하다

서북능선을 넘으니 명선봉 밑으로 떨어지는 와
운골

줌 렌즈로 한 컷을 당기니
순간과 영원이 무일촌임을 알겠다
영원봉을 에돌아 임천강을 건너오니 암탉골,
천왕닭이 천왕봉에서 길게 목을 뽑고 운다.

폭설

비 올라나
눈 올라나

꾸무럭한 겨울 날씨
산봉우리 트마다 쏟아져 나온 빨치산들
연사흘 낮밤 눈 퍼부어 쌓일라나
흰 발자국 따라 또 사냥개들 올라나

송광사 16국사전으로 갈거나
화엄사 각황전으로 스밀거나
법당 마루장을 뜯고 숨어든 빨치산들
개구멍받이 기둥서방이나 되어 볼거나

여전사 공양주들이 날라온 콩심심두*
눈 쌓인 법당 마루장 차랍차랍 밥 퍼먹는 소리
마루장 밑으로 스며든 빨치산들

남쪽 어디에선 동백꽃도 피었더라는 소식
뒷산 구릉에선 밤새도록 설해목 넘어지는 소리
낙오되면 개밥도 못 얻어 먹는다!
흰 눈밭을 뛰는 발자국 소리들……,

꾸무럭한 날씨,

눈 올라나
비 올라나.

*콩심심두: 빨치산이 먹는 주먹밥

제4부

가야의 하늘

청학동에서

겨울이 오면 깊은 잠에 들겠다
오랜 순례자의 잠 끝에 비치는 꿈
노자老子의 흰 수염이라도 만져보겠다
가시내야 山가시내
네 눈동자 그믐밤 같아 정이 들면
너와지붕 추녀 끝 고드름 발을 치고
깊은 잠에 들겠다
천지에 죽은 듯이 눈이 쌓이고
뒷산 구릉에 눈사태 지면
꿈 깬 잠 도로 들고
꿈속에서도 너의 썰매를 끄는 나는 한 마리 개가
되겠다
가시내야 山가시내
산삼山蔘잎에 구르는 네 목소리
꿈속에서도 자주 눈사태처럼 들리고
늦은 二月에서야 나는 저 줄을 선 닥나무밭
닥나무 노오란 닥꽃으로 피어나겠다

지리산바람꽃

남로당 백구두의 아들
한평생 떠돌이 시인
이제는 환갑 진갑을 넘긴 시인
때늦은 후회로 쓴 시 '나도 바람꽃'
반야봉 밑 달궁 마을 용소가에 와서 쓴 시
'지리산 바람꽃'

바위 그늘에 숨어 피는 바위나리 쇠별꽃
'너도 바람꽃'

반야봉 수행 중 돌아앉은 젊은 중놈
바람기 많은 노고 에미
달궁 목화밭에 내려와 목화솜 따다가
솜 누비옷 한 벌 기워 소문 없이 바람에 날렸다

그 옷 날아가다 바위에 걸려
바람꽃 피고

반야 중놈 그때서야 뒤돌아보고
'나도 바람꽃'이라고 흐느꼈다

더질 더질

그 사랑 한 번 더럽다
봄바람에 산동마을 산수유꽃 피어
남도 백구두의 아들 늙은 시인
그 꽃밭 속에 숨어들어가
흐느꼈다

아아
지리산에 지리산에 봄눈 녹으면
너도 나도 떠도는 바람꽃
그 비위틈에 무득무득 피는 생꽃

*너도바람꽃(지리산바람꽃): 백두산, 설악산, 한라산, 변산 바람꽃과 더
불어 우리 국토에 자생하는 바람꽃 중의 하나

98

노고할미

지리산은 말없이
그저 그 자리에 서 있다
아니다, 구례, 곡성, 남원, 순창, 임실
치치다라 쳐다보며
화개동천 악양동천 청학동천을 지나
수수연봉을 거느리고 남해를 간다

또 한 가닥은 산청 외공리 양민학살 현장을 지나
함양, 산천, 중산 간 마을들을 지나
남해를 간다
3박 4일쯤 배낭을 짊어지고 장터목을 지나
천왕봉에 서서 보라
저 남해가 창망하구나
진주 남강을 거슬러 아침 해가 거기서 뜬다

아니라면 당치기로

마고麻姑의 딸 노고勞姑할미가 사는

노고단 마루에서서 보라

활 시위소리 내며 발치를 돌아 모래밭을 쌓고 가
는

섬진강이 힘 있구나

그 노고단 마루 넘어가면

소희巢姬 궁희宮姬 살았던 곳

삼한 적 마을 달궁이 있고

마고의 여덟 딸 중 막내 딸, 노고 에미가 시집가
서 산다

그녀 또한 저 반야 노인과 함께 벌써

오래 전에 늙었다

노고 에미는 늙었지만

허연 눈발 쓰고

오늘도 곰취나물을 뜯는다
닭갈비 뼈 우린 곰국에 지리산 한 채를
통으로 삶아 나물죽을 쑨다

호랑이 밥 이야기

육군본부 작전국 소속 성중령과 특무대장이
서울에서부터 몰고 온 헌병대의 지프차 한 대와
차일혁 총경이 탄 트럭 한 대가
새벽 안개를 헤치며
임시 부교로 설치된 한강 다리를 넘고 있었다
채 복구되지 않은 서울 시가지의 철근 콘크리트
가
치솟은 건물들을 비집고
용산역을 지나고 서울역 광장, 종로를 지나
경무대에서 밀명을 받고 나온 경무관과
경찰청 요직의 간부들이 마중 나와 서 있는
성북경찰서 앞마당으로 들어섰다

작전국 성중령이 호송임무 완수를
경무관 한 사람에게 보고했고
이어서 트럭에 싣고 온 검은 관이

헌병대원들에게 의해서 내려졌다
차일혁 총경이 나서서 관 뚜껑을 열고
빨치산 수괴임을 확인시키려하자
경무관이 손을 내저으며 한 마디 했다
'각하께서 수괴의 얼굴은 세상에 공개하지
말라는 명령이 있었습니다.
기자 양반들도 보도지침에 지시한대로
한 두어 줄 이현상이 사살되었음을
간략하게 보도하시오!'
이런 경우 맥 빠진 것은 내외신 기자들이었다
'화장은 한강 모래밭에서 하지 말고 시신은
그냥 지리산으로 보내 재를 뿌리라는 하달
명령서가 있었습니다'
기자들은 부관참시를 하고 장대 끝에 수급을
매달아 세상에 알릴 줄 알았는데
사전에 입수된 정보와는 엉뚱했기 때문에
당황하지 않을 수가 없었다
이 박사가 역도의 수괴 얼굴을 보지 않겠다고
중도에서 그 뜻을 바꾸었기 때문이었다

〉〉 〈〈

차일혁은 비로서 푸—
한숨을 내쉬었다
이현상의 이미지가 한순간 저렴하고
평가절하되었음을 느꼈지만 자신의 처지로 봐선
오히려 잘 됐다 싶었다
동학 반란군 수괴 전봉준 장군처럼
능지처참 능형을 시켜
장대 끝에 그 수급을 걸어 종로 네거리에
높이 매달았던 그 처형과는 너무 달랐기 때문이
었다
1890년대와 1950년대
그 역사의 시간과 거리는 불과
60년 시차밖에 없었다
그러면서 이 두 사건은 현대사를 열고 닫는
가장 큰 사건으로 기록되었다
해방된 지 10년도 채 안 되는 공간에서
대회 군민하라!
참수하라!
그날처럼 종로 네거리의 담벼락 밑에서 일어난
주인 없는 함성은 아직도 떠돌고 있다
그 현장이 황토현이나 공주의 금강나루가 아닌

지리산으로 바뀌었을 뿐이었다

　죽은 제갈공명이 살아 있는 중달을 쫓듯이

　이 굴레의 쇠사슬 속에서 놓여날 수 없음이

　경계인境界人으로서 삶이었고 대다수 민중인 평
균인 또는

　중간자 또는 중음신中陰神으로 떠도는

　삶이었다

　각하,

　그 역적수괴를 다시 돌려보내다니요

　그런 놈은 본보기로 창경원 호랑이 이빨에

　씹히도록 던져줘야 하는 것 아닙니까? 그래, 맞아 창
룡이 자네가 특무대장이지

　자네 뜻이라면 그럴지도 모르지

　창경원에 10일쯤 전시했다가

　돌려보내는 것도 괜찮을 거야

　그러나 호랑이 밥으로는 안 돼!,

　훗날 역사가 어떻게 기록하겠어!

　그냥, 돌려보내도록 해.

　'그렇군요, 각하! 명령대로 하겠습니다.'

그래서 이현상의 시체는
창경원으로 옮겨졌고
동학군 8백 명이 마지막 쓰러진 자리,
백사청송
하동 송림 모래밭으로 돌려보내졌다

'창룡이 자네 민주주의가 무엇이라고 생각하나?'

(······)

그게 다 사람이 하는 정치야, 다수결원칙 말이야 그
런데, 백범白帆암살, 반민특위, 거창사건, 4·3폭동, 사
사오입 개헌안 등 사사건건 물고 뜯는 사람들이 다 국
회 쪽이거든! 자네, 석두가 아니라면 4, 4, 5입이 뭔 줄
알거야! 4,4949면 반올림해서 5가 되거든! 사람을 토막
낼 순 없으니까 인격적으로 5라는 숫자는 한 사람이 되
는 것이지! 그래서 개헌안이 통과된 게야, 그런데도 과
거에 서로군, 북로군, 팔로군, 등 만주 벌판을 뛰며 독
립운동깨나 했다는 작자들이 빨갱이들과 한 통속이 되
어 물고 뜯으니 참, 골치 아파 죽겠어! 그 자들 미국 물
을 마시지 않아 민주주의 民자도 모르는 작자들이야!

건국 도상에서 반공통일 국시도 모르는 놈들은 싹
쓸어버려야지요, 지리산도 통째로 쓸고 한라산도 불태
웠는데……, 그놈들 특무대 벙커에 쓸어 넣고 국시맛
좀 보일까요? 그래도 안 되면 국회의사당 그거 불태워
야지요!

　아서, 또 그 소리야
　빈대 잡자고 초가삼간까지 태우고
　절간까지 태울라!

그로부터 20일 후
섬진강 모래밭에선 한 가닥의 연기가 솟아올랐
다
　빨치산의 수괴 이현상을 태우는 연기 속엔
　2천여 명의 빨치산을 소탕한
　차일혁의 젊은 피도
　하얗게 바래지고 있었다

그는 훗날 공주경찰서장이 된 인물-
열한 살 난 아들과 함께
하필이면, 동학 반란군이 마지막 무너진 자리

그 곰나루에 나가 멱을 감다가 익사했다
'지리산 포수'가 벌 받은 게지!
풍문과는 달리
빨치산 잡는 2대 귀신 '저승사자'라는
소문과는 달리
그의 죽음은 익사 사고가 아니라
유서 한 장 남길 수 없는 양심수로서의
'자살'이라고 알려지고 있다
이 미스터리 죽음이 익사가 아니라 자살일 때
어디선가 새벽을 깨우며 오는 새로운 빛을
만나게 된다
혼들의 빙의憑依로서 우리를 만나게 한다

떠도는 산.
울음 우는 산.
솟아오르는 산.
지리산은 새로 태어나는 산.
중음산中陰山
피 뱉듯 피 뱉듯 붉은 철쭉밭을 이루고
뻐꾹새는 오늘도 저렇게 운다

피아골

청학동천, 악양동천, 화개동천
다 놔두고
저녀르* 골짜기만 들여다보면
피가 끓는다

일찍이 피죽을 끓였던 피밭골
화전민火田民의 마을

노고단에서 임걸령으로 내려오는 길목에서
배불뚝이 안경과 지팡이 짚은 사내가
악수하며 발표한 6.15공동선언문에 속아
불퇴전不退轉의 자술서를 쓰고 나온 무기수
땅꾼 할아버지와 어느 채약꾼의
노부부를 만났다

오래 늙어 쭈그러진 사타구니 같은

피아골
잠녀르** 골짜기만 들여다보면
피가 끓는다

여원치를 넘으며

노고단에 눈이 녹는 3월 쯤 산동마을 산수유 꽃
핀다. 산수유꽃 보고 때로는 노고단을 넘어서
애인과 함께 길을 잘못 들어 홍령치나 정령치 휴
게소로
빠질 때도 있다. 무서운 밤이 오고 어디선가
임꺽정 같은 화적패라도 넘나들었을 고갯길
수배자 전단의 험상궂은 사진들 속에 봉두난발한
동학수괴 김개남의 100년 전인 듯한 얼굴도 끼
어있다.
전쟁 역사박물관 못 미쳐 우회도로를 구불텅 곧
장
내려가면,
달궁 마을 보쌈집이라 불리는 양산박이란 간판
이 너덜거리고 있고
그 집 나간 빨치산의 씨 윤판이가 살아 윤판이네
집이라고도 한다. 또 보쌈집 에미는 어디서 주워

들었는지
　곰 발바닥 요리가 팔진미 중 으뜸이라지만
　이 풍진 세상에
　곰취 나물죽이야말로 곰이 먹고 살았대서 곰 나
물이니
　만성 당뇨병에도 그만이라고 너스레를 떤다.
　일요 행락객들이 돌아가면
　밤늦도록 항아리 뚜껑 열어 놓고 침 발라
　돈을 센다

　이 모습 산고양이가 내려와 엿보고 웃는다
　이 모습 청설모가 지나다 보고 웃는다
　긴 꼬리 흔들며 웃는다
　이 모습 보고 소탱소탱 앞산에서
　소짝새가 운다
　시인은 이 산골 지나다가 어느 날 밤
　다람쥐처럼 이 모습 훔쳐 보고 웃는다
　텃밭엔 빨간 앵초꽃 세 송이 밤 이슬 머금고
　피어 있었다
　한밤중에도 집 나간 윤판이를 부르면
　앞뒷산 산울림이 와서 받아치는 그 집

신혜성가 新慧星歌

옛 세 화랑이 산이 보고 싶어
산 중에서도 금강산이 또 보고 싶어
비로봉에 오르는데
비로봉 위에 우거진 그 홍싸리밭 별들은
내려와 길을 쓸고 있었는데
그걸 두고 변괴라 아뢴 사람이 있었다

아 변괴는 무슨 변괴?
산정기山精氣가 하도나 맑아 별들이 가장 가까운
비로봉 비탈에 밤소풍 나온 거겠지!

그걸 두고 또
첨성대 위에 터억 올라앉은 일관日官들은
백조좌座의 별들이 밤새도록 동해에
추락하는 것을 또 그렇게 소리친 거겠지!
아니라면

왜적倭賊들이라도 쳐들어 왔더란 말인가
혹은 변방邊方의 성成중 어느 하나라도 떨어져
나갔더란 말인가?

그때는 비로봉과 별들과 또 금강산과 비로봉
오르는 사람들과 밤 쑥꾹새 소리도 우주와 내통
하고
한 통속이 되어 맥도 잘 짚고 침통도 잘 흔들었
더라는
이야기인데
오늘은 그 혜성가彗星歌의 길을 쓸면서
남로당 백구두의 아들
중음의 한 늙은 시인은 비로소 연좌제가 풀리고
지리산을 떠나 비로봉을 오른다

낙락장송落落長松, 기암괴석奇巖怪石 외틀어지고
비틀어져서
구룡폭포가 쏟아지는 고개 마루턱
시인은 북조선 안내원이 가져다 준 소망통이란
것에
당뇨가 줄줄 새어나온 뿌연 오줌 줄기를 내뿜는

데

　또 흰 버캐는 비로봉 위에 떨기구름처럼

　피어 오르는데

　남조선 아바이 동무들 큰일났구만! 하초下焦가

이리 부실해서

　야!'

　소망통을 들고 돌아서는 안내원 등 뒤에서

　또 구룡폭포는 맥도 모르고 쏟아지는데

　시인은 주저앉을 듯 헐렁한 바지의 고의춤을 추

스린다.

쥐 풍년 대꽃 풍년 · 1

천왕봉에서 노고단까지 백리 주능선
또 반야봉을 주봉으로 섬진강까지 뻗은 불무장등
머리 위를 지나가는 지리산의 기둥 남부 능선까지
5박 6일 뱀노인과 함께 빨치산의 루트를 따라오며
대부분의 요새인 비트들이 조릿대라 불리우는
산죽山竹 밭의
　지하 돌무덤 속에 숨어 있음을 알았다
　자술서를 쓰고 나온 뱀노인의 설명에 따르면 빨
치산들에게도 유행어가 있었다는데
　그 말이 안부처럼 묻고 지나가는
'쥐 풍년 대꽃 풍년'이었단다

　복조리 만드는 조릿대는 죽순에서 돋아난 것이
5년 정도면 꽃이 피는데,
　열매 속에 자잘한 쌀알 같은 죽미竹米라는 전분
질이 있어

빨치산에게는 스님들이 국수를 승소僧笑라 부르
듯이 별식으로
쥐 수염이라고 불렀다 한다
작식대作食隊 요원으로
그때 배운 기술이 복조리 엮는 법이었다는데
지금도 시인의 서재
어초장漁樵藏 문지방 위에는
뱀노인이 세밑마다 선물로 준
복조리 세 개가 걸려 있다.
자린고비처럼 그걸 쳐다보며
눈물로 쌀을 일어 밥을 하기도 했다
대꽃 풍년이 들면 으레 쥐가
번식했고, 쥐가 번식하면 뱀이 번식해서
지리산 봉우리마다
말똥가리가 하늘을 돌고, 뱀노인은 초원을 돌며
일급 숙수로
뱀사냥을 즐겨 했다고 한다
빨치산과 쥐와 뱀의 생존관계―한겨울 흰 눈을
쓸고
올라오는
토벌대의 빗질작전 속에도 빨치산이 살아남았던

것은 죽미 때문이었으며,

　반합에 흰 눈을 쓸어 넣어 조릿대로 죽미를 끓일 때면

　연기가 나지 않은 밥을 먹을 수 있었다는 것이다

　또한 죽실은 원래 봉鳳이 먹고 사는 열매였다는데 산쥐와 빨치산이 먹고 살아남았으니

　그래서 시인은 뱀노인을 쥐노인이라고 부르지 않고

　이따금 봉선생이라고 부를 때가 많았다.

쥐 풍년 대꽃 풍년 · 2

주렁주렁 체 바퀴를 둘러메고
푸릇한 송진내 풍기며
세밑이 되면 어김없이 단골로
시인의 집에 찾아오던 체 장수

동지 팥죽 쑤던 날은
흰 눈보다 곱게 빻은 찹쌀가루가
그 바닥가음을 타고 흘러내렸다

새알*을 빚으며
쥐 풍년 대꽃 풍년
할머니와 손주들의 웃음도 함빡 피고

외짝 눈 야광귀夜光鬼가 신발을 훔치러 온다는
섣달 그믐밤
검정 고무신을 방 윗목에 놓아두고

119

잠들지 않으려
시렁이나 문설주 위에 새로 걸린
복조리와 체의 올을 셈하다
나는 먼저 잠이 들었다

대꽃이 핀 다음해 쥐 풍년이 들고
야광귀가 다니는 골목길
잠들면 눈썹이 하얗게 센다는……
그래서 나의 서재 시렁 위에는
아직도 복조리** 세 개가 걸려 있다.

*새알 : 새알심이라고 한다.
**복조리 : 복조리를 만드는 조릿대는 죽순에서 돋아난 것이 5년 정도 되
면 꽃이 핀다. 열매 속에 자잘한 쌀같은 죽미竹米라는 전분질이 들어 있
어 식용이 됐다. 흉년이 들어 먹을 것이 없을 때 구황작물로서 아낌을 받
았다. 대꽃이 피면 으레 쥐가 크게 번성해 골치를 앓았다. 그래서 '쥐 풍
년 대꽃 풍년'이란 말이 생긴 듯하다

쥐 풍년 대꽃 풍년 · 3

청학동천을 찾아가는 시간은 고행의 길이다
삼신봉을 넘어들었던 빨치산도 그랬을 것 같다
오늘의 여정은 섬진강 19번 국도에서
악양벌을 지나 성재봉 넘어 청학동까지 길을 잡
는다
3.5km 구간 세 시간 전후의 거대한
산죽山竹 지대를 깔고 가는 길이다
안개로 덮인 산죽밭 터널을 뚫고 나간다
산죽들은 키를 넘기도 하고 가슴팍까지 무릎까지
높낮이의 터널들은 끝없이 이어진다
운해와 산죽과의 싸움, 댓잎이 스적이는 소리,
산죽잎이 쏟아내는 물방울에 내원재를 넘으면서
신발끈을 풀고 양말을 짜서 다시 신기도 한다

내가 아는 화개장터, 강 건너 마을 빨치산 처녀
귀신

박정애 동무는

중대 마을에서 지금도 효녀 심청이란 이름으로
살아서 떠돈다

보급투쟁에서 잔뼈가 굵고 정강이뼈가 까져도

봄 한 철 춘궁기에는 빨치산 여전사에게도

먹을 것이 없어 휴가가 있었다고 한다

그때는 이 산죽터널 속에 들어와

복조리 몇 죽거리씩 엮어 어둠을 타고

고향집 부엌문을 열고 그 복조리 짐 부려 놓고

돌아왔다고 한다.

여수 신월리 14연대가 일으킨 반란 소동에 마을
도 불타고

홀어머니가 된 어머니는 그 복조리를 이고

하동장이나 구례장, 화개장을 돌며

모진 중음자의 세월을 이어갔다고 한다

"나도 이젠 이 시대의 하늘을 가리고 키 큰 조릿
대로

흰삿갓白笠이나 만들어 쓰고, 이 시누대 끝 낚시
줄이나 매어

섬진강 가에서 때깔 좋은 참붕어나 쏘가리, 매기

나

　늙으며 살고 싶네요, 어제도 환경단체의 고발로
　군 산림과에 나가 뱀을 잡지 않겠다고 자술서를
　쓰고 왔거든요
　그놈엣 자술서 신고서……이젠 신물이 납니다!"

　지금 산죽 터널을 뚫고 나가며 삼신봉 중턱에서
　뱀노인이 들려주는 이야기,
　내원재를 넘는 댓잎파리들도 수런수런
　빗방울 후둘기며 내 발등 때리며
　내 신발끈 이토록 다 적시는 것이리라.

승소僧笑

후룩 소리 내지 않고 먹는

스님의 잔잔한 미소가 담긴 바루 공양

음식 디미방에는 청면靑麵 국수 뽑는 법이

나와 있지만

스님의 바리때엔 맑은 물 속에 백면白麵이

서리서리 고여

한낮의 뻐꾸기 소리가 서럽도록 번져 나간다

절에서는 왜 스님국수를 승소僧笑라고 부르는지

124

뿔 달린 짐승은 빨치산들이

왜 도끼나물이라고 불렀는지

스님과 시인이 나눈 청담淸談이 거기 그렇게

고스란히 담겨 있다.

가야伽倻의 하늘

경남 산청군 금서면 화계리
가야 마지막 왕 구형왕릉은
국도변의 경호강 줄기
가현리 방곡리를 거쳐야 닿는다
가야로부터 아니 그 이전부터 살았을
70여 호 , 오봉 마을은 텅 비어 있다
솔봉, 설봉, 팔봉, 매봉, 한봉 등
다섯 개의 산봉우리에서 유래한 이름
이곳 출신 민재남의 화암집 유두류록에도
가야 유민들의 이야기는 나오지 않는다

　거북아 거북아
　네 목을 내어라
　내어 놓지 않으면
　구워 먹을래

낙동강 구지산 아래서 불렀던 노래를

나는 오늘 이 솔봉 밑에 와서 왜 다시 부르는 걸까

구구빨치 두목쯤 되었을 구형왕이

왜 이곳까지 쫓겨 와서 죽은 걸까

신빨치의 기록도 이렇게 해서 묻힐 걸 생각하면

시인이 가는 길도 첩첩산중이다

하동장을 거쳐 소금실이 방물장수도 넘었을 솔봉길

솔봉을 에둘러 베틀재에 와서 다시 묻는다

거북아 거북아

네 목을 내어 놓아라

내어 놓지 않으면

구워 먹을래

가야산 쇠터

덩이쇠를 녹여서 쇠 때리는 소리

모래 거푸집에서

속살을 뽑아올린 병장기와 농기구 날을 세워서

야로장冶爐匠이 물을 뿜을 때

일렁이는 무지개 빛 밤에도 불야성을 이루었으
리라

창, 칼 도끼, 갈구리, 철퇴, 화극, 화살촉
방패 갑옷, 투구, 말안장, 둥자, 재갈, 닻
수많은 농기구들까지 쏟아져 나왔을 철의 시대
거푸집에 한 동이의 쇳물을 부을 때
그 순한 무쇠 빛깔을 읽어내는
고요하고 고요함 속에서 들리는 바람소리
가야의 하늘, 그 무지개는 어디서 뜨는가
솔봉을 내려오면서 다시 묻는다.

제5부

새로 오는 아이들

토로코 관광열차

'부용산 산허리에
잔디만 푸르러 푸르러
솔밭 사이로 회오리바람 타고
간다는 말 한 마디 없이
너만 가고 말았구나

피어나지 못한 채
붉은 장미는 시들었구나
부용산 산허리에 하늘만 푸르러....'

풍악호 3등실 출렁거리는 동해 파도
캄캄한 선실에 불 끄고 누워 이 노래 부르며
달궁 에미 생각나서
애인과 함께 TV 보며 울었다

그 '빨치산' 에미나이 '토로코 관광열차' 태워

효도관광 한 번 시켜주고 싶었다
행불자 윤판이가 살아 새터민으로 돌아오는 날
노고할미 손주 손 한번 잡혀
동해북부선 관광열차 타고
개성에서 원산, 함흥에서 청진, 회령, 무산 갑산
지나
압록강 뗏배를 타고 싶었다

빨치산 용어 하나로 진보와 보수가 물고 뜯는
그 엄숙주의를 지나
이런 열차 한 번 타고 싶었다
아- 노 속에서 뿔 달린 사무라이형 도깨비와
중국의 강시, 한국의 뿔없는 도깨비들이
술잔을 부딪히는 소리
김치크로켓을 안주 삼아 쿄토시의 토로코가 아
닌

우리 동해북부선
6백 엔의 관광열차표가 아닌
무지개열차
유리창 지붕에 봄구름 싣고
소낙비 싣고 단풍 싣고
눈 쌓인 겨울 언덕을 넘어
마른 오징어 북북 찢어 떨거운 시간을 씹어
참으로 오래 잠들지 못한 우리나라 풍경
소주 한 잔 온몸 불태워 퍼붓고 싶었다

아-노가 아닌 〈달궁 아리랑 열차〉!
제주 수선화 같은 열아홉 살 나이 조경순
함경도 자작나무 숲 같은 나이 김지회

노고할미 그의 딸 노고 에미 빨치산의 딸
팔선녀, 추성골 변강쇠 잡놈까지 싣고

한 번 달리고 싶었다

눈 쌓인 백두산 저목장貯木場
통나무들 사이에서
호밀빵처럼 뺨이 붉은 북쪽 처녀애와
놀아 놀아나며
곰 같은 사내아이 하나 낳고 싶었다

얼쑤! 얼쑤! 장전항 풍악호에서
달궁 에미 생각하며 울었다

더질더질.

2000년 6월 13일

6.15공동 선언문을 작성하고

남북 합의서에 도장을 찍는 날

갑자기 국토는 축소되었고 시인은 국토의 한 끝

에 서서

출근길의 구두를 등산화로 바꿔 신었다.

한여름 군사 분계선 철책 밑으로 모여들어 피는

우리 산꽃 들꽃 보고 싶어서였다

한탄강 물을 따라 내려오던 철새들이

나래 접으며 말하는 소리 듣고 싶어서였다

「글쎄, 이곳에 평화 공단工團을 짓는다는구나」

갈숲에서 갈새 떼가 흩어지며 말했다

「평화시市도 건설한다는데 뭘」

얼룩무늬 점박이 토끼가 말했다

「통일호도 띄우고 녹슨 철로도 닦는다네 뭘」

낮잠을 자던 노루가 두 귀 쫑긋 세우며 말했다

「박치기식 통일도 좋은데 이렇게 밀어붙이면 우

리는 어디로 가지!」

　멧돼지가 긴 주둥이 칡순을 훑다가 말했다.

　「아니야, 이곳에 이사를 온 것이 잘못이지!」

　갓 이사 온 민들레 하얀 꽃씨들이 가물가물

　하늘 가득 무너지며 어디론가 떠나고 있는 것이

보였다.

곰취죽

지리산 속 달궁의 봄은
누가 저더러 봄 아니랄까 봐
어린 곰취 싹이 먼저 알고 나와 눈을 쓸며
불꽃같은 혀를 놀리더란다
노고단 너머 달궁 에미집
그녀만 아는 2월의 곰취밭
한 솥단지 벌써 곰취죽이 끓더란다

지리산 속 반달곰은
누가 저더러 곰 아니랄까 봐
굴 속을 기어 나와 저 먼저 곰취 싹을 핥더란다
내가 아는 한 사람 곰취죽을 찾아
시암재 너머 눈 쌓인 노고단을 넘어
허연 눈밭 곰 발자국 따라
정령치 넘어 쟁기소를 건너가더란다

쌉소름하고 상큼한 맛
누가 저더러 곰취나물 아니랄까 봐
빨치산들 반합 뚜껑 소리에 눈 비비고 나와
저 먼저 잠이 들더란다
양지쪽 무덤 곁 잠이 들더란다

무방비 도시

남부군 사령부
이현상 루트가 있는 빗점골
보탕집이 있다
'양'자는 숲속 찬바람에 날아갔는지
간판만 덜컹댄다
독사와 능구렁이 짝퉁 생사탕을
몇 번이나 노구솥에서 울궜는지
눈 속에서도 노린내가 나는 집
그 도린곁에 참물받이 고로쇠 물집이 있다
무방비 도시에서 구름처럼 흘러온 사람들
헛제삿밥 같은 귀신에 씌웠는지
옹배기마다 코를 박고 지렁이들처럼 꿈틀댄다
그 옆집 평상에서 쓰리 고우에 피박을 썼는지
늙은 아낙은 댓돌에 북어 대가리를 두들겨 패다
말고
한 웅큼 보푸라기를 들고 서서

쌍욕을 퍼붓는다

나는 피아골 산장 쪽 능선을 타고 내려오다가

밑둥이 흰 자작나무들이 옆구리에 링거병을 꽂고

비틀거리는 것을 보았다

금요일인데도 차들이 비탈길을 오느라 부산을 떤다

아저씨 제발 이 링거 바늘 좀 뽑아 주세요

내 피가 마르고 있다고요!

내 피가……

빈독속에 들어가 울 때가 있다

가을이 오면 슬픈 계절 낙엽이 지고 눈이 내리고
활엽수 가득한 지리산은 거대한 독으로 비어간다

덕유산도 소백산도 태백산도 길이 끊긴다

'독 안에 든 쥐'라는 말
그래서 일주일 간격으로 벌어지는
흰 눈밭의 쥐잡이 작전 백白 야전사*의
빗질작전

밤에도 수리부엉이가 하늘을 돌 듯
남원 육천변 활주로에서 날아온
편대기들이 동서남북으로 퍼붓는 예광탄
불빛아래

어느 트에 들어앉아 싸리나무와

산죽山竹을 꺾어다 항고에 죽미竹米를 끓이고 있
는
　빨치산 여전사 염순돌廉淳乭**
　봄이 오고 여름이 와 녹음 우거지면
　담비 떼들처럼 힘이 솟아서
　봉우리마다 누비고 날아다녔다고 한다

　또 겨울이 오면…… 단풍잎도 지고
　폭포도 얼음기둥이 되어
　거대한 독처럼 비어가는 지리산 속

　어린 날 그 빈 독 속에 들어앉아
　웅웅웅 소리 내었듯이 그 한생애도 저물어
　회수稀壽에서 산수傘壽를 졸수卒壽*** 보는 나이에
도
　김장독을 씻으며 그 빈 독 속에 들어가

울 때가 있다고 한다.

*백白 야전사 : 백야 전투사령부(백선엽)를 가르킴. 1951년 빨치산 토벌
(오대산, 태백산, 지리산 지구)을 위해 1군단(속초)에서 2개 사단이 이동
8사단(최영희) 수도사단(송요찬)이 지리산 북부와 남부 관할 지역을 장
악했다.
**염순돌 : 악양면 평사리 출신으로 1951년 11월 악양전투에서 끌려가
빨치산으로 붙잠혀 풀려나왔음 1990년까지 피아골에서 살았음.:
***희수稀壽 산수傘壽 졸수卒壽 : 희수77세, 산수80세, 졸수90세

진달래 산천

진달래
우리 참꽃 좋구나
활활 타는 꽃 색깔
진달래 산천 그 붉게 타는 빛깔 좋구나
우리 숨결 변함없이
넋을 놓아 피는 꽃

우리 봄 천만 냥
이 산천 경개 발 들여놓고 사는 것
우리 흙바람 속에 낯 붉히는 것
우리 봄 천만 냥 얼씨구 좋구나

한 목동이 이른 봄 쇠뿔에
한 묶음 꽃다발을 휘감아
엣비슥 석양 비탈을 내려오고
한 나무꾼이 나뭇짐 위에

한 다발 꽃 묶음을 걸어
주인집 색시 치마폭으로
숨어 들던 꽃

허기진 봄날 깊은 산골짝
네 이름 따라갔더니라
봄 구름 앞세우고
양치기 목동이 되어 나그네가 되어
네 꽃잎 따물고 굴풋한 배를
채웠더니라

아, 내 핏줄에까지 스며
한 해살이 봄을 화냥기로 떠돌던 꽃
남누리 북누리
이 나라 처녀 총각씨들 뇌살하던 꽃

백록담 기슭
달랑달랑 조랑말 모가지에
눈물처럼 걸어 주던 꽃
맑은 바다 망다리* 숨비소리에도
남태평양 구름도 몰려와 몸살 앓던 꽃

우리 국토 반 토막 천 냥짜리
이 봄에도 연분홍 빛깔 죽지 않고
활활 넋을 놓아 타오르는 것 좋구나
참호 속 병사의 철모에도 꽂혀
휴전선을 넘고 북상하여
백두산 저목장貯木場 숯막굴에도
진달래꽃 무더기로 피어날까

진달래야
진달래야
네 이름 부르면
내 설운 핏줄 꽃사당년같이 피가 돌아
나는 암노루 홰냥노루**
남녘 개울 북녘 개울
이 산천 경개 짓부수며 넘나드는
나는 암노루 홰냥노루.

*늙은 해녀
**서정주의 '서풍부'에서 따옴

145

화개花開장길

머칠째 쌓이던 눈이
다시 녹으면서
대성동大成洞마을 움질들의 추녀끝을 둘러
고드름발을 쳤다

우리 고숙姑叔은
삼동三冬내 눈사태 속을 흐르는
물소리도 싫어지고
마른 산약山藥 뿌리를 다듬으며
달장깐이나 막힌 화개장길이 못내 서운타
지리산을 겉돌면서 살아 온
고숙의 한평생
이 봄은 심메마니 어린 싹이라도 만나볼까
삼동 허연 꿈 속에서도 만나지는 떡애기
아장아장 걸어오는 부리시리 산삼山蔘
한 뿌리라도 만나질까

유마경維麻莖* 한 구절 같은 햇빛 하나가
고드름발에 엉기면서
지리산 일대一帶의 산봉우리들을
거느리고 왔다
산맥들이 풀리면서 돌아가는
엇둘 엇둘 소리……,

*유마경維麻莖: 반야부 계통에 속하는「유마경」은 재가거사인 유마힐을
주인공으로 한 불교 경전이다.

딱따구리 난장질

쑥밭재 너덜겅엔
트 하나 숨어 있나 보다

따따따따따아 따그르륵……, 딱따구리

BAR
기관총 소리

아직도 붙잡히지 않은
트 속의 빨치산들

따, 딱, 쿵……, 소쩍새,

105밀리
포탄 소리

신록이 난장질하는…… 오늘도
골짜기 하나 무너지고 있나 보다.

떠도는 산

지리산은 무엇이고
또 무엇이었느냐

지리산은 도처에 있고
지리산은 떠 돈다

네가 침 뱉고 떠난 마을
아직도 끝나지 않은 싸움
한 시인의 가슴팍에 엎드려
네가 불태웠던 자리
불구덩을 뛰어들어
그 산자락 움판막*을
다시 고쳐 세우면서
남부군의 씨받이
달궁 에미
그 씨주머니 속에서

행불자 명단에도 월북자 명단에도 주민등록증도
새터민도 아닌
윤판이처럼
이렇게 살아서 숨쉰다

지리산은 무엇이고
또 무엇이었느냐

지리산은 도처에 있고
지리산은 떠돈다.

*윷판막 : 빨치산들이 통나무를 베다 井 字로 지었던 아지트.

저문 눈 내린다

아아 지리산에 저문 눈 내린다
한겨울에 시작되는 토벌군의 빗질작전
화엄사, 천은사, 백장암, 실상사, 벽송사, 대원
사……
절집마다 넘쳐나는 빨치산들
머리를 깎고 중 옷을 바꿔 입고
목탁을 들었던 빨치산들-

사찰 삼백 개를 불태워라
견벽청야堅壁淸野* 작전-
'화엄사를 소각하라 했지 누가 각황전
문짝만 떼어다 소각하라 했나!'
'지리산을 멧돼지 굽듯 통째로 구우면
우리 국토에 무엇이 남나요? 장군은 석두입니
까?'
그래서 석두가 된 석두石頭장군

장군은 황제 네로입니까?
장엄한 불바다를 내려다보고 헬리콥터에 앉아
시를 읊으렵니까?

연곡사, 백양사 법당, 백운사, 상백운암, 하백운암,
모두 불 싸지르고
네로 황제가 된 석두장군**!

아아 지리산엔 저문 눈 내린다
그 모질고 추운 겨울
흰 눈밭에 쫓기다 쫓기다 더는 갈 곳 없어
스스로 판 발자국에 입을 대고 자결했던
빨치산들!

그 발자국을 찾아 따라온 사찰유격대
붙잡히거나 하산해서 전향한 역빨치산 부대에게

쫓겨

　산마루 태성을 두른 성成돌을 빼고 들어가

　추위에 떨고 굶어죽었던 사람들

　뜬 눈으로 새가 되어

　꿈을 꾸다 날아가면 어쩌나

　새가 되지 않으려고

　무거운 돌을 밤마다 가슴에 얹고

　잠들었던

　빨치산들!

　지리산에 저문 눈 내린다

*堅壁淸野작전 : 마을을 견고히 지키기 위해 철조망을 치고 산과 들에 먹
을 것을 없애 버리는 중국 정부군 장제스(장개석)에게서 나온 전술, 거
창 양민학살 사건 때 최덕신 장군이 쓴 전술이기도 함.
**석두장군 : 백야전투사령관 백선엽인지 수도사단장 송요찬인지 아직
규명되지 않고 있음

우리동네 꼬맹이들

천안함 사건이 터지고 나서도 개머리
해안 절벽에서 퍼붓는 장사정 포탄에
연평도는 시간마저 얼어붙었다
참 ㅈ 같은 세상이 우리 집 거실바닥에도
깊숙이 쳐들어 왔다
다섯 살짜리 꼬마 사수가 내뿜는 가관총알이
거실 벽시계마저 산산조각 냈다

따르르륵…, 따르르, 륵, …, 쉴새없이
퍼붓는 BB 탄알,
노인은 소파 밑에서 엉금엉금 기어 나오기도 하
고
등받이 의자에서 넘어져 바닥에 구르기도 한다
그때마다 어린 사수는 달려들어 노인의 눈을
까뒤집기도 하고
가슴팍에 귀를 묻고 사살된 죽음을 다시 확인하

기도 한다

노인의 정수박에 BB탄이 박힌 날
119 구급차가 왱왱 거실바닥으로 들어오고
노인이 실려나가는 아파트 공터에선
거실바닥으로 쳐들어오지 못한 아이들이
떼거지로 모여 또 기관총알을 퍼붓는다

참 지랄같은 세상이다: 나는 혼자서 그네를 흔들
며
또 맥없이 중얼거린다.

그 하얀 폭풍

다릿심이 짱짱했을 때
세석 평전에 올라가 산장에서 하룻밤 잔 적이 있
었다
그때부터 아니 그날부터
지리산에 대해 무엇인가 쓰고 싶었다
달빛은 적요하고 눈 쌓인 평원은
휘몰이 바람이 햐얀 폭풍을 일으켰다
드디어 「지리산 뻐꾹새」를 발표했고
두인을 세석細石, 아호를 평전平田으로 달았다
그로부터 30년 후에야 「빨치산」을 상재하고
「달궁 아리랑」서사시를 탈고하였다
달궁 아리랑을 쓰면서 밑그림으로 빨치산 아지
트를
이곳에 묻었고
새로 무쇠솥 열 한 개를 걸었다
보수도 진보도, 우익도 좌편향도 아닌

경계인으로서의 중음자中陰者, 눈같이 흰
피아골 뱀노인을 이 동굴 속에서 만났다
겨울, 하얀 폭풍이 불고 있을 세석 고원
지금, 그곳은 상고대와 설화가 만발했겠다.

달궁길 · 1

'지난날 우리의 회관에서 정든 동무
지난날 한자리에서
지리산 유격대의 만다트를 받고
목을 껴안고 서로 뺨을 부빈
전위시인 유동무*의
사형 언도가 내려온 이튿날

헐벗은 인왕산 아래 붉은 벽돌담
눈보라 소리쳐 내리는 한나절
뜨거운 눈초리로
조국의 승리를 믿고 믿으며
마지막 형장으로 가는 길
웃으면서 나간 동무,

도리 도리 달궁
짝짜꿍 달궁
봄이 오면

아아, 지리산에 봄눈 녹으면
우리 그 길동무 따라
시암재 지나 노고단 넘어
노고할미 달궁 에미집
이 시대의 무공해 건강식품 공취죽 먹으로
달궁 가자

시상 시상 달궁
섬마 섬마 달궁

우리 단동치기壇董治基 노래 속에
살아 있는 마을
길나비 따라 훨훨
길 뜨자.

*유동무 : 빨치산 시인 유진오兪鎭五를 추모한 이용악의 시. 유진오 시
인은 문화선전공작대원으로 뱀사골 달궁 마을에서 조경순(김지회의 애
인)과 함께 붙잡혀 서울 형무소에서 장기 복역수로 복역 중 퇴각하는 경
찰에게 보복 처형된 시인이었다

달궁길 · 2

이제 걷는다는 것도 잊은 지 오래다
지리산 둘레길 어디쯤에서 발이 부르트고
진물을 닦느라 주저앉았다
숲 속으로 빼꼼히 열린 하늘
걷는다는 것은 땅을 기는 것이 아니라
하늘을 쳐다보는 일이다
발이 잠시 멈추는 달궁길
바래선처럼 비선飛仙 폭포가 휘어져 내리고
신선이 하늘로 오른다는 무지개 다리가 서 있다
살아서 천 년 죽어서도 천 년
붉은 주목
목장승이 서 있는 오래된 마을 초입
유격대들 처럼
기러기 몇 마리가 벌써 겨울을 알리며
솟대 끝에서 날고 있다.

제6부

화개 품바
─노래는 세상에 거는 주문이다

화개품바
— 노래는 세상에 거는 주문呪文이다

품바, 품바*가 잘한다
꽃 피는 화개장터 벚꽃 십리 길
빨치산 여전사같이 생긴 굴뚝각시가
죽지도 않고 찾아와
각설이 타령 한번 잘한다
이현상이 사살되기 두 달 전
빗점골에서부터 불무장등 주능선을 타고 내려온
간호사 출신 이현상의 처
임신을 해서 내려오다 붙잡힌
하순임이라고도 하고

강 건너 간전면 중대리 출신 여전사
박정애, 라고도 하고
산동 부녀죽창대 이정순, 이라고도 하고
감옥에서 풀려난 정순덕이라고도 하고

어허
품바품바가 잘한다

일 자 한 장 들고나 보니
일각이 여삼추라 60분단 웬말이당가
두 이, 두 이 자를 들고나 보니
이화 도화는 만발했는데
이산가족이 슬피 운다

어허,
품바품바가 잘한다
작년에 갔던 각설이가 죽지도 않고
또 왔네
지리산도 엉덩방아를 찧고
섬진강물도 흠칫 놀라 가던 길 멈춰 서서
이 난장판 보고 껄껄 웃는다

어허, 품바 품바가 잘한다
쉬, 물럿거라
함양 산청 내원골 빨치산, 지리산 최후의 망실유
격대장
정순덕 처자 나온다

　　함양 산청 물레방아 물을 안고 돌고요
　　우리 집에 우리 님은 나를 안고 돈다네
　　지리산 머루 다래는 앙기당기 여물고요
　　단성들에 목화송이 봉실봉실 터졌네
　　경호강 금잉어는 토실토실 살이쪘고요
　　지리산 단풍잎은 울긋불긋 물들었네

　　어허, 품바품바가 잘한다
　　지리산 그 뜬쇠소리*
　　먹귀신 타령 한번 들어보거라!

처먹고 베먹고 떠먹고 개먹고 싸먹고 캐먹고 짜먹고 타먹고 파먹고 퍼먹고 데워먹고 달여먹고 태워먹고 익혀먹고 삶아먹고 볶아먹고 끓여먹고 지져먹고 덥혀먹고 튀겨먹고 담아먹고 담가먹고 날로먹고 조려먹고 당겨먹고 고아먹고 삭혀먹고 다려먹고 무쳐먹고 재워먹고 이겨먹고 쑤어먹고 내려먹고 구워먹고 쪼여먹고 식혀먹고

부쳐머고 불려먹고 절여먹고 박아먹고 부셔먹고 밀어먹고 녹여먹고 찧어먹고 다져먹고 으깨먹고 가셔먹고 깎아먹고 비워먹고 채워먹고 잘라먹고 발라먹고 뜯어먹고 찢어먹고 말려먹고 우려먹고 헹궈먹고 꽂아먹고 꿰어먹고 찍어먹고 남겨먹고 다퉈먹고 끼어먹고 주워먹고 골아먹고 집어먹고 썻어먹고 숨아먹고 닦아먹고 씹어먹고 후벼먹고 핥아먹고 긁어먹고 말아먹고 비벼먹고 풀어먹고 끊어먹고 길어먹고 깨물어먹고 버무려먹고 빨아먹고 수라먹고 굴타리먹고……

먹고 먹고 먹고 빌어묵고 잡혀묵고 굶어 죽은 빨
치산 귀신
　때깔 한번 좋구나

　얼쑤 얼쑤

　빨치산 애먹은 귀신
　쉬, 물렀거라

　달궁 안골 큰마님 들어가신다
　쉬, 물렀거라

　요것 봐라, 요것이 무신 시상이다냐
　해방특구 민주마을 뿔갱이 마을!
　달궁 아리랑 속에 살아 있는 뜬쇠소리

어허,
잘한다 품바, 품바가 잘한다
구구빨치, 구빨치, 신빨치 피물림의
새끼들
오늘은 논다니패들 모여
품바, 품바가 잘한다

자네 죽지도 않고 또 왔능가?

물짠이** 왔당가
자네 보러 왔지

어디 숨어살다가 왔당가?

황칠 먹칠 개칠 피갑칠 뒤집어쓰고
삼밭골 무렁등이 마을***

언덕 밑에 숨어 살다가 왔지!

무얼 먹고 살았당가?
삼굴 속에 숨어 애기 하나 먹고
삼굿하다가
삼씨****하나 뱉고 왔지!
얼씨구 절씨구 들어간다

품바, 품바가 잘한다
다리 하나 건너 전라도와 경상도 땅
웃동네는 남원 순창 구례 곡성
아랫동네는 악양동천 청학동천 화개동천
진주 산청 함양 팔도 잡놈이 다 모여든
화개장터 5일장
대성골, 문수골, 피아골, 채장수, 홍두깨
방망이 깎던

가야유민, 백제유민, 구구빨치, 구빨치, 신빨치
그 시절부터 풀무간에 쇠 치는 소리
뻥튀기 소리
옥화주막 앞마당 모기 쫓는 모닥불 냉기****속에
달 끄스르것다
어허,
자네, 죽지도 않고 또 왔능가
자네, 보니께 영 반갑네
어허, 품바, 품바가 잘한다

서이, 삼 자를 들고나 보니
무렁둥이 마을 꽃핀다던 세상
꽃필 날은 언제 오려는가

어허,
품바, 품바가 잘한다

옥화네 주막 검둥개는 흰 꼬리로
마당을 치고
품바는 밤새도록 깡통을 친다

어허,
품바, 품바가 잘한다

*품바 : 품바 소리는 전라도 말이다. 배재가 망할 때 그 유민들이 불렀다
는 산유화가(메나리)에서 유래, 일제 때는 '각설이타령'으로 고착되었고,
5 · 18 이후에는 '품바'로 했다. 1대 품바는 무안 일로 출신 김시라 시인
이었다.
**물짠이 : 까닭 없이의 남도 토속어
***무렁둥이 마을 : 각설이들의 고향이라고 전해지는 문둥이 마을, 백무
동 골짜기에도 있었다고 전해짐. 전남 무안군에 있음
****삼씨 : 아마(麻)씨, 문둥병을 다스렸던 단방약
*****냉기 : 연기(냉갈), 남도 토속어

겨울 청량산淸涼山

겨울 청량사淸涼寺에 가서 만났다
소복 단장하고 뒷머리채도 치렁치렁
버선발 내밀고 살 냄새 피며
사뿐 큰절 올리는
고 비릿한 처녀 계집애
두 눈에 눈물 잔뜩 고여 할 말 있다며
불쑥 내 잠자리 파고들었다
식은땀 등에 흘리며 잠자리 걷어차고
아침에서야 대중들의 공양 상머리
이 얘기 털어놨다

우리들의 공양주 어진 보살님도
혀끝 말아 쥐며
우얄꺼나 우얄꺼나……
아직도 승천을 못 했나빔
작년에도 서울서 왔다카는 한 총각아이

171

그 뒷골방에서 처녀기집 만났다는디,
걸려도 깊이 걸렸던지
부모들이 내려와 청량사의 산신각에
씻김굿을 올렸더라는디
우얄끄나……

그 처녀계집 공비토벌 때
젊은 산손님을 따라 돌다
절문 밖 고목나무에 목을 매고
고목나무도 이제 처녀애의 형상대로 말라 비틀
어져
우리들의 가슴을 쥐어뜯지만
그녀 아직도 살아 이 깊은 계곡 육류봉을 서성이며
살 냄새 그리웠던지
내 잠자리 불쑥 파고든 것이리라
그러나 그대, 이 땅의 젊은이들아

내년에도 내명년에도 그 후 명년에도
한 시인이 만났던 자리, 그 시인도 가고
겨울 청량사에 눈이 쌓여 구들을 달구거든
그녀 성큼 불러들여
그녀의 치맛말을 풀어 천도를 시켜달라

네 살아 있음의 끝이 그녀 죽음 위에 숨쉬고
네 젊은 혼이 그녀 맥박 속에 살아 있음을 알아
너는 여름날 달맞이꽃으로 이 산기슭에 피어나
서
밤이슬로만 소복 단장한
그녀 모습 보고 울리라

*청량산: 경북 봉화군에 있는 산. 6.25 때 빨치산의 본거지였음

173

아침 강

누이야, 동트는 우리 새벽 강물
너는 따라가 보았는가
수렁수렁 큰 기침하며 강가에 나와
우리 산들 얼굴 씻는 것
어떤 산은 한 모금 물 마시고 쿠렁쿠렁
양치질 하는 것
어떤 산은 밤새도록 발을 절고
내려와
발바닥 티눈을 핥는 것

누이야, 너는 그런 동 트는 새벽 강물
따라가 보았는가
물총새 한 마리가 담청색
날개를 털어
저 혼자 반도의 아침을 깨우는 것
반짝, 뜨는 은피라미 떼 몰아다

벼랑에 감춘
제 새끼들에게 아침 밥상 차리는 것
그 반도의 아침강을 따라가 보았는가

누이야, 젊은 수탉같이 홰를 치는
그 싯푸른 새벽강을 따라가
보았는가.

남명*매南冥梅를 찾아서·1

하늘이 울어도 울지 않은 산
오늘은 산청삼매山靑三梅를 찾아서
마음속에 칼 한 자루를 품고 길 뜬다
요즘 선비들은 빗자루질도 못하면서
하늘을 타박한다고
산천재에 벌써 참매화 향이 한창이다.

덕산 계속이 다 환하다
마당가에 세워둔 싸리비를 들고
낙화를 쓸어보려다 그만둔다

방문을 열고 보니
머리 끝에 칼끝을 세우고 글을 읽었다는
그 경의검敬義劍이 활인검처럼 빛난다

하늘이 울어도 울지 않은 산

산천재 기둥엔
백수로 돌아와 무엇을 먹을까 걱정 말라
목마른 은하수가 섭리에 뻗쳐 있다고
적혀 있다

한시대의 삶이 저와 같이 싶다.

* 남명南冥 : 조식曺植선생의 호. 조선 중기 성리학자. 출사를 거부하고
「산천재」에 숨어서 많은 제자들을 길러 내었음. 산천재는 지리산 천왕
봉 가까운 덕산계곡에 있음

남명*매南冥梅를 찾아서·2

보게나
저 천석들이 종을 누구 있어 치겠는가
천왕봉에서부터 화살처럼 꽂혀오는
시천강矢川江가 덕천서원에 와서
그 기둥에 꽂힌 화살 한 개를 뽀으며
한 시대의 삶을 다시 읽는다

머리에 칼끝을 세우고 글을 읽으며
허리에 찬 쇠통방울 흔들어 세상을 깨운다
낮은 소리가 세상을 깨우는 것이지
큰 소리가
세상을 깨우는 게 아니라고
타이른다
그는 임진왜란 이태 전에 갔다
　홍의장을 걸친 망우당 곽재우를 비롯한 정인홍
등

사십여 명의 제자들은 낮은 소리 따라
　우리 의병사의 첫머리를 장식한다

　경의당 마루에 누워 뜰 앞의 매화 난분분
　천석들이 종을 치고 간 무지렁이들 한 속에
　하늘이 울어도 결코 울지 않은 산
　구구빨치 구빨치 신빨치들이 가슴에 품고 남엇
을
　오늘 저 큰 산봉우리를 말없이 들여다 본다

*남명 : 남명 조식선생의 題德溪亭柱의 詩

179

비나리

까치야 한국의 산까치야
해맑은 목청 구슬리며
자작나무 위에서 까작거려 쌓는
배가 희연 우리 산까치야
네가 울면 귀빠진 장독대
울 어매 떠 놓은 정화수
또 하늘은 몇 번이나 새파랗게
얼어 터지것네
은하수 하얀 강물은 몇 번이나
새로 서것네
남북 강산 막힌 설움
저 건너 강언덕 견우는 소 먹이고
직녀는 강 건너 또 베를 짜것네
까치야 배가 희연 우리 산까치야
네 머리 허옇게 벗겨져
그 은하수가 노둣돌 놓고 온 산까치야
까작까작 네가 울면
저녁 노을 잠기던 우리 산메아리

■ 후기

달궁길

— 내 문학의 산책길

아직도 좌빨이니 우빨이니 진보니 보수니 너덜너덜해진 옷을 입고 나온 사람들을 보면 침을 뱉고 싶어진다. 따라서 이 길은 보수도 진보도 아닌 오직 중음신들만의 길이며 새로운 시대의 신화를 열어내는 길이다. 이것이 지리산의 에움길이다. 백여 마을 팔백리 상처로 얼룩지지 않은 마을은 한 군데도 없다. 좌빨 아닌 마을이 하나도 없고 우빨 아닌 마을이 한 군데도 없다. 피로 물든 저 87 봉우리가 다 그렇다.

나의 산책로는 지리산 속에 숨겨진 빨치산 루트와 같은 길이다. 40여 년 동안 산책길이어서 이 길 위에서 나의 문학은 탄생하고 소멸한다. 그래서 작년(2010)에 출간된 장편 서사시집은 「달궁 아리랑」이라는 표제를 달았다. 남명 조식은 지리산을 두고 천석들이 종을 누가 칠거냐고 탄식 했지만 실은 구구빨치, 구빨치, 신빨치에 이르기까지 하늘이 울어도 울지 않는다는 지리산을 울리고 간 사람들은 이 빨치산들이었다. 신빨치(여순사건,14연대)의 몰락사를 원고지 700매에 담은 것이 지리산의 대서사극「달궁아리랑」이다.

이 산책로는 1976년에 쓴 대표작으로 치부되는 〈지리산 뻐꾹새〉의 울음과 한으로 먹칠된 길이다. 그리고 등단작 〈山門에 기대어〉는 그 2년 전에 이 길 위에서 착상된 작품이다. 정확히 말하면 노고단-심원 마을(계곡)-달궁 마을(계곡)—반선 마을(뱀사골)의 기나긴 우렁이 속같은 숲길이다. 1976년 8월 구례 중학교에 부임하면서 산악회의 후원으로 노고단에서 최초의 '산상시화전'을 열었는데 그 사진이 지금도 노고산장 벽면에 붙어 있다.

그때는 황톳길이었고 빨치산을 토벌하기 위한 군용도로였다. 근 40년 간 현대사에서 반란의 길, 역적의 길, 반역의 불온한 길을 걸으며 나의 문학도 이 길 위에서 출발된 셈이다. 이 산책로가 없었다면 통일 한국 백년을 내다보며 쓴「달궁 아리랑」도 없었을 것이다. 「빨치산 문학관」이 '달궁 마을'에 들어서는 날 이 시대의 불온문서로 치부된 그 시집도 들어갈 것이 분명하다. 이제 지리산이 세계

복합문화유산으로 지정될 날도 그리 멀지 않았으리라.

지금도 나의 서재는 화개장터 건너편 섬진강가에 있어 빨치산 오르그가 20여명이 나 나온 간전 모스크바, 산동 모스크바를 넘어 노고할미가 사는 노고단에서 반야봉 밑의 달궁까지 산책길을 밟곤 한다.

이제 나의 '어초장 시대'도 막을 내릴 때가 되었다. 삼한 시대부터 있어 왔다는 오래된 달궁마을 '섬마 섬마 달궁/ 시상 시상 달궁'이라는 단동치기檀童治基의 텃노래와 함께 그 솟대 끝에서 날고 있는 새들을 떠나 나는 새로운사상의 거처가 될 땅을 찾아 출발한다. 마지막으로 지리산 에움길을 따라 빨치산 루트를 차례로 밟아 보고 싶다.

그리고 거창, 함양, 산청을 돌아 천왕봉 밑 시천강 덕산서원의「溪亭柱의 詩」에 입맞춤하고 뜰에 난분분 참매향을 쓸어보고 싶다.

「내 문학의 산책길/ 시인세계 2011.겨울호」

「지난날 우리의 회관에서 정든 동무
지난날 한자리에서
지리산 유격대의 만다트를 받고
목을 껴안고 서로 뺨을 부빈
전위시인 유동무*의
사형 언도가 내려온 이튿날

헐벗은 인왕산 아래 붉은 벽돌담
눈보라 소리쳐 내리는 한나절
뜨거운 눈초리로
조국의 승리를 믿고 믿으며
마지막 형장으로 가는 길
웃으면서 나간 동무」

도리 도리 달궁
짝짜꿍 달궁

봄이 오면
아아, 지리산에 봄눈 녹으면
우리 그 길동무 따라

시암재 지나 노고단 넘어

노고할미 달궁 에미집

이 시대의 무공해 건강식품 곰취죽 먹으로

달궁 가자

시상 시상 달궁

섬마 섬마 달궁

우리 단동치기壇董治基 노래 속에

살아 있는 마을

길나비 따라 훨훨

길 뜨자.

— 달궁길 · 1

「시인세계」 2011.겨울호

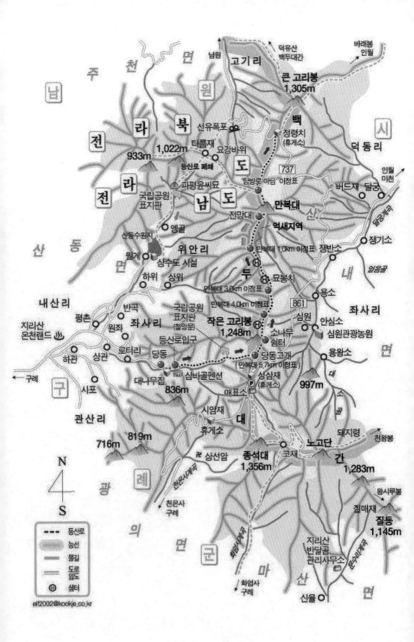

남주 천 면 남원
고기리
덕유산 백두대간
바래봉 인월
큰 고리봉 1,305m

전 라 북 도
백 정령치 (휴게소)
시 덕동리

신유폭포
1,022m 더름재 요강바위
등산로 폐쇄
933m
인월 마천
달궁계곡

737
'탑방동 아담' 이정표
버드재 달궁

전 라 남 도
국립공원 표지판
파평윤씨묘
만복대 산

엥골
산동수원지 월계
전망대
억새지역
쟁기소
얼음골
내
위안리
상수도 시설
만복대 1.0km 이정표
두

하위 상위
만복대 3.0km 이정표
묘봉치
용소
좌 사 리 면

내산리
반곡
원좌
평촌
국립공원 표지판 (첨망대)
만복대 4.0km 이정표
861
심원
안심소
심원관광농원

지리산 온천랜드
좌사리 1,248m
작은 고리봉
소나무 쉼터
용왕소

하관 상관
로터리
등산로입구
당동
당동고개 (만복대 5.7km 이정표)
997m
대 소 골

구례 시포
대나무집 836m
심방골멘션
성삼재 (휴게소)
매표소

관산리
819m
시암재
휴게소
대

716m
상선암
천은사계곡
종석대 1,356m
코재
노고단
간
1,283m
천왕봉 돼지령

천은사 구례
화엄사계곡
왕시루봉

광 례 의 면 군 마 산 면
질매재
질동 1,145m

지리산 반달곰 관리사무소

화엄사 구례
단적계곡

신율

N
S

--- 등산로
━━ 능선
── 물길
══ 도로 임도
⊛ 샘터

eif2002@kookje.co.kr

송수권

1940년 전남 고흥에서 태어나 서라벌예술대학 문예창작과를 졸업했다. 호는 평전平田.1975년 '산문山門에 기대어'외 4편이 '문학사상' 신인상에 당선되어 문단에 등단했다. 남도의 서정과 질긴 남성적 가락으로 '종래의 서정시가 생生의 에너지를 상실하게 하고 자기 탐닉의 울음으로 떨어지는 한을 민족적·역사적 힘으로 부활시켰다'는 평을 받고 있는 송수권 시인은 문공부예술상을 비롯해 금호문화예술상, 소월시문학상, 정지용문학상, 김영랑문학상, 김달진문학상, 만해님시인상, 한민족문화예술대상 등 수많은 상을 수상했다. 개인시집14권, 시선집, 육필시집 등 50여 권의 저서가 있다. 현재 순천대학교 문예창작학과 명예강의 교수, 한국 풍류문화연구소장으로 있다.

E-mail : kimyy1267@naver.com

한국풍류문화연구소편 · 2

빨치산

초판 1쇄 인쇄일 · 2012년 04월 24일
초판 1쇄 발행일 · 2012년 04월 31일

지은이 ㅣ 송수권
펴낸이 ㅣ 노정자
펴낸곳 ㅣ 도서출판 고요아침
편   집 ㅣ 송지훈

출판등록 2002년 8월 1일 제 1-3094호
120-814 서울시 서대문구 북가좌동 328-2 동화빌라 102호
전   화 ㅣ 02-302-3194~5
팩   스 ㅣ 02-302-3198
E - m a i l ㅣ goyoachim@hanmail.net
홈페이지 ㅣ www.dabook.net

ISBN 978-89-6039-440-7 (03810)